Michel-Ange

par

Nadine Sautel

Gallimard

Crédits photographiques

1. AKG-images. 2, 3, 4, 5, 7, 8, 9, 10, 12, 13, 14 : Bridgeman Giraudon.
6 : G. Dagli Orti. 11 : RMN-G. Blot.

Après une maîtrise de philosophie et d'histoire de l'art et un prix national de piano, Nadine Sautel a enseigné la philosophie puis créé un cours d'interprétation du piano fondé sur la correspondance des arts. Coauteur d'ouvrages culturels (*Universalia*, éditions Universalis ; *Les Muses*, Alpha Encyclopédie), elle a publié un roman, *Fin du monde chez les Poupat* (Laffont, 1992), qu'elle a adapté au théâtre. Critique au *Magazine littéraire*, elle a fait paraître en 2005, aux éditions Albin Michel, *Pour l'amour des livres*, entretiens réalisés avec Jean-Jacques Brochier.

Hasards ou signes

Michelangelo Buonarroti, dit Michel-Ange, naît le 6 mars 1475 dans un décor de légende : un château en ruine du Casentin (Toscane) perché sur une arête rocheuse semée d'une maigre broussaille, où le bourg de Chiusi semble faire corps avec la pierre. En contrebas, une gorge sombre où court un filet d'eau, le Tibre, qui suit son cours vers Rome. Au pied du château exactement, l'Arno, indissociable de Florence, prend sa source.

Curieux hasard : Michel-Ange voit donc le jour au partage des deux pentes que suivra sa vie, entre les deux villes qui lui devront en grande partie leur renom artistique. Un fait d'autant moins prévisible que son père, Lodovico di Leonardo Buonarroti Simoni, gentilhomme florentin imbu de son rang en dépit des revers de fortune, condescend pour la première fois à travailler. Il vient en effet de quitter Florence pour occuper, à une centaine de kilomètres de là, la fonction de maire des villes de Chiusi et Caprese.

De la mère, Francesca di Neri di Miniato del Sera, mariée prématurément, et qui meurt épuisée par les grossesses l'année des six ans de Michel-Ange en laissant cinq fils (l'aîné, Lionardo, se fera moine, de sorte que Michel-Ange deviendra le chef de famille), il n'est jamais fait mention dans la volumineuse correspondance que le sculpteur entretiendra avec son père et ses frères. Michel-Ange l'a-t-il même connue ? Hasard encore : c'est chez une épouse et fille de tailleur de pierre, à Settignano, que Lodovico le met en nourrice. Élevé par le couple, du nom de Topolino, il apprend à manier la masse et le ciseau avant de savoir lire et écrire.

Michel-Ange ne réintègre la maison paternelle qu'à l'âge de dix ans. Son père, remarié, commence à se soucier de l'éducation d'un fils qui ressemble décidément trop à un paysan : il en a les manières, mais surtout le langage. Quatre ans plus tard que ne le veut la coutume chez les riches Florentins, l'enfant entre à l'école. Michel-Ange accréditera dans sa correspondance l'idée — Verdi fera de même — qu'il était rétif à toute scolarité. Il semble au contraire qu'il ait rattrapé et largement dépassé les enfants de son âge (son œuvre fait état d'une excellente culture, véhiculée à l'époque par le latin).

Nouveau hasard encore : sa rencontre avec Francesco Granacci, apprenti de Domenico Ghirlandaio, élève de Donatello, peintre et sculpteur de grand renom à Florence. Un jeune garçon s'exerçant au « modèle vivant » à travers les scènes de la rue pouvait-il passer inaperçu auprès d'un peintre de dix-neuf ans éduqué depuis l'enfance à l'« école du regard » ? Sûrement pas, quand on a le coup de crayon d'un Michel-Ange… Ici encore dans ses lettres, la réalité cède le pas à l'imaginaire, comme si l'auteur des *Sonnets*, remarquable épistolier, frôlait par moments le romancier.

Granacci persuade Michel-Ange de quitter l'école pour l'atelier de Ghirlandaio. Un projet scandaleux pour Lodovico Buonarroti, despote familial sensible exclusivement aux vertus de l'argent et de la race, et qui n'émancipera * son fils qu'à l'âge de trente-trois ans.

Les deux biographes de Michel-Ange, ses amis et élèves Ascanio Condivi et Giorgio Vasari, s'accordent sur les mauvais traitements dont Michel-Ange est alors l'objet : « Aussi était-il mal vu de son père et des frères de son père qui haïssaient un tel art et souvent le battaient cruellement. Dans leur ignorance de l'excellence et de la noblesse de l'Art, il leur semblait que c'était une honte qu'il pénétrât dans leur maison. »

*

L'inflexible volonté de Michel-Ange tiendra en respect rois, cardinaux, papes (le bouillant Jules II manquera lui fracasser les reins sur l'échafaudage de la chapelle Sixtine). Elle se révèle dans cet affrontement familial dont son entêtement viendra à bout l'année de ses treize ans. Le 1er avril 1488, avec l'accord paternel, il entre au service de Ghir-

* La majorité légale était encore soumise à l'arbitraire du chef de famille.

landaio pour trois ans contre une pension de vingt-quatre florins.

Il y a là un mystère : à l'époque, l'ouvrier d'un atelier n'était jamais payé, surtout la première année… Michel-Ange était-il précocement réputé pour des œuvres dont nous aurions perdu la trace (par son style et la singularité de ses anges dépourvus d'ailes, la *Madone de Manchester*, peinte *a tempera* * vers 1485-1490, lui est bien attribuée…).

On ne peut plus parler de hasard, mais bien de chance, et de chance méritée : celle de fréquenter le meilleur atelier de la capitale de la république florentine, alors comparée à juste titre par ses contemporains à l'Athènes de la Grèce antique. En Laurent de Médicis, digne descendant d'une famille qui règne depuis quatre générations, les Florentins de la fin du Quattrocento saluent un nouveau Périclès. À l'aube de la civilisation, il y a eu l'hellénisme ; au XVe et au XVIe siècle, le « renouveau du savoir » qu'on appellera Renaissance.

Dans une Italie constituée d'une mosaïque de petits États (quatorze à la naissance de Michel-Ange, dont le royaume de Naples au sud, les États pontificaux au centre, et l'immense république de Venise au nord), le sentiment d'appar-

* Peinture réalisée aux environs des XIIe et XIIIe siècles par les peintres « primitifs ». On mélange à l'huile de la cire, de l'œuf battu, et parfois de la craie de couleur. La technique *a tempera*, pratiquée sur bois, a été remise à l'honneur par quelques peintres du XXe siècle comme Leonor Fini. La pratique en est très difficile, parce que la matière sèche presque instantanément.

tenance à la cité est plus fort que le lien qui attache au pays. Au point qu'un artiste est souvent appelé du nom de sa ville (Pietro Vannucci, *de Pérouse*, dit le Pérugin ; Léonard *de Vinci*...). Or, Florence est non seulement un foyer intellectuel et artistique sans précédent, mais un lieu stratégique équidistant de Rome et de Venise. Carrefour de l'industrie textile européenne par le golfe de Gênes, elle a développé une puissance financière sur laquelle doit compter jusqu'au souverain pontife.

Michel-Ange le souligne au détour de bien des lignes, soutenant que Florence est plus raffinée que les autres villes italiennes ; ou encore lorsqu'il recourt à ces injonctions : « que notre race ne meure pas... soutenir notre race... *la nostra gente* ». À Florence, l'aisance matérielle ne se traduit plus par l'espérance d'un hypothétique paradis. L'épanouissement du bien-être sur le modèle de la Grèce et de la Rome ancienne est censé s'appuyer sur l'unité des différentes religions révélée par la Kabbale * hébraïque, et une interprétation particulière des écrits platoniciens. Ponctuellement, le Vatican, lui-même grand consommateur des biens de ce monde, dénonce le schisme...

De l'architecture à la philosophie, cette renaissance de l'Antiquité est inséparable du nom des Médicis. On ne peut donc imaginer chance supé-

* De l'hébreu « recevoir ». La Kabbale serait une partie tenue secrète du savoir révélé, selon la Bible, par Dieu à Moïse sur le mont Sinaï (« Tables de la Loi »). Ce savoir a été transmis (de façon autant orale qu'écrite) par quelques initiés.

rieure à celle de Michel-Ange : être remarqué, comme nous le verrons plus loin, par Laurent de Médicis dit le Magnifique, et être élevé avec ses enfants dans sa propre demeure !

*

Qui est Laurent de Médicis ? Arrière-petit-fils d'un riche banquier élu, au début du XIVe siècle, *gonfaloniere* (« porteur d'étendard », fonction la plus haute de la magistrature), il est le petit-fils de Côme l'Ancien, personnage extraordinaire devenu le plus puissant bailleur de fonds, non seulement de Florence, mais du monde. Éminence grise du gouvernement, l'« Ancien » était si populaire à sa mort, en 1464, que l'on grava sur sa tombe : *Pater Patriae* (père de la patrie). Épris d'art et d'architecture, il avait fait de son palais, réalisé sur les plans de Michelozzo, un véritable musée. S'y trouvaient les œuvres des plus grands peintres et sculpteurs de Florence, mais aussi une collection de manuscrits anciens inestimables, notamment ceux de Platon, jusque-là presque inconnus. Sa passion pour le philosophe le conduisit à exercer un mécénat auprès des humanistes les plus réputés. Il fonda avec eux l'Académie platonicienne, phare spirituel de la Renaissance européenne.

Pierre le Goutteux, fils de Cosme, va mettre un frein à des dépenses qui compromettent la fortune familiale (ce qui ne l'empêche pas de commander à Benozzo Gozzoli l'admirable fresque du *Cortège des Rois mages* de la chapelle du palais Médicis).

Il ne survit que cinq ans à son père. En décembre 1469, son fils Laurent, dit Laurent le Magnifique, tout juste âgé de vingt ans, est élu dans l'enthousiasme. Alors commence l'époque « laurentienne », unanimement saluée comme la plus brillante de la Renaissance florentine. Héritage de trois générations de culture et de création, elle est le terreau où vont s'épanouir des géants : Botticelli ; Léonard de Vinci, l'homme universel dont Michel-Ange sera éperdument jaloux, et qui le lui rendra au centuple ; et Michel-Ange, divin parmi les divins.

La magie des jardins Médicis

Comme tous les peintres de l'époque, Ghirlandaio est secondé par un atelier. Il laisse ses apprentis compléter les parties jugées secondaires d'une commande dont il a exécuté le dessin et peint l'essentiel. Cette pratique permet à des élèves prometteurs de s'exercer très vite à un haut niveau. En 1488, quand Michel-Ange entre à son service, Ghirlandaio reçoit de Giovanni Tornabuoni, l'oncle maternel de Laurent de Médicis (et le directeur de la filiale romaine de sa banque), la commande qui consacre sa renommée : une série de fresques narrant la vie de la Vierge et de saint Jean Baptiste pour le chœur de l'église Santa Maria Novella. À moins de quatorze ans, Michel-Ange participe à la réalisation d'un chef-d'œuvre. Il en retient l'importance du dessin : à la fois ferme et fluide, c'est lui qui suggère le mouvement du corps et les perturbations de l'âme.

D'emblée, Michel-Ange se révèle comme un esprit sarcastique et particulièrement indocile. Vasari raconte qu'un jour, profitant de l'absence de Ghirlandaio, l'adolescent, au lieu de poursuivre le croquis pour Santa Maria Novella, représenta en quelques traits ses condisciples dessinant sur l'échafaudage. « Domenico, étant de retour, et ayant vu le dessin de Michel-Ange, s'écria : "Celui-ci en sait plus que moi !" » Il note aussi que « pour rendre quelques formes étranges de diables, il achetait des poissons ayant des écailles de couleurs bizarres ; et dans cette œuvre il montra tant de talent qu'il en retira renom et crédit. Il copia encore des dessins de différents maîtres anciens avec une telle exactitude qu'on s'y trompait ».

Dans sa *Vie de Michel-Ange*, Condivi laisse entendre que Ghirlandaio nourrit à l'égard de son élève une jalousie grandissante si bien qu'il s'en séparera avant les trois ans prévus, en 1489, l'été de ses quatorze ans, avec le plus grand des soulagements. À en croire Vasari, les événements se seraient déroulés comme ces histoires merveilleuses qu'on raconte encore des siècles après, le soir à la veillée. Voici...

*

Un jour donc, un prince nommé Laurent le Magnifique en raison de sa grande bonté nomma le sculpteur Bertoldo conservateur du jardin de la place Saint-Marc où était rassemblée une collection d'œuvres d'art (statues, monuments antiques, tableaux, monnaies, pierres précieuses) unique au monde. Ce titre de « conservateur » recouvrait une double ambition du prince : confier sa collection à un expert capable de restaurer quelque ouvrage que ce fût ; créer dans les jardins une école de sculpture (la pratique semblait se perdre à Florence).

Le Magnifique envoya donc un messager à Domenico Ghirlandaio :

— As-tu dans ton atelier de jeunes artistes de talent pour honorer la nouvelle école du maître Bertoldo ?

Quel âge avait le vieux Bertoldo ? Il semblait aux Florentins qu'ils avaient toujours connu le petit homme aux fins cheveux blancs et au regard limpide, dont les plaisanteries, énoncées à mi-voix, étaient aussi relevées que les recettes de cuisine qu'il consignait dans un grand livre qu'on citait à l'envi, de la chaumière au palais.

Ne plus pratiquer l'art de bien accommoder les plats, c'était le grand regret de Bertoldo quand le Magnifique le fit mander, à l'hôpital Santo Spirito où l'on murmurait qu'il vivait ses dernières heures. Selon la rumeur, il sauta de sa paillasse, tout revigoré de ne pas quitter ce monde sans avoir transmis à des jeunes gens d'excellente nature les secrets de l'âge d'or de la sculpture.

Bertoldo le Simple avait été en effet l'élève préféré du grand Donatello, jusqu'à sa mort en 1466. Quelle chance d'avoir vécu en familiarité avec un tel maître ! Non seulement Donatello avait réalisé, avec son *David*, le premier nu en « ronde-bosse » (dont on peut faire le tour) de la Renaissance *, et avec *Gattamelata* le premier monument équestre en bronze depuis l'Antiquité, mais il avait introduit

* Le nu était jusque-là le privilège des bas-reliefs.

en Italie la technique très difficile du *stiacciato* («relief écrasé», en italien), relief en méplat où la perspective permet l'échelonnement des plans sans qu'il soit besoin de creuser beaucoup la pierre.

La réputation de Bertoldo s'étendait à toute l'Italie pour la sculpture du bronze. Mais lui, qu'avait-il inventé ? À présent, son bras était fatigué, ses doigts raides... Avec un plaisir qui faisait affluer un sang nouveau à ses pommettes, il accueillait la chance inespérée de couler, non plus du bronze, mais des talents d'exception, dans ce moule auquel il comparait volontiers l'apprentissage. Compterait-il au nombre de ses élèves le génie qui saurait pulvériser tout modèle, et réussir là où lui-même disait humblement avoir échoué ? Donatello avait-il jamais eu pour son maître Ghiberti cette adoration qui avait cloué son disciple au pilori des bons copistes ?

Comme on tient la main des enfants qu'il faut savoir lâcher ensuite, Bertoldo allait pétrir avec des mots les gestes malhabiles de ses apprentis, les guidant vers la maîtrise du fusain, de l'argile et de la cire, indispensable selon lui au travail de la pierre *.

Pendant que Bertoldo reprenait vie en remuant mille projets entre sarcophages et cupidons dans le froid coupant des fins d'hiver florentines, Ghirlandaio, à l'autre bout de la ville, choisissait ceux qui feraient valoir son propre enseignement aux yeux du Magnifique. Les premiers élus furent le petit laideron (oreilles décollées, yeux enfoncés, cheveux en broussaille... selon ses propres dires) baptisé

* Michel-Ange se rebella très clairement contre le diktat.

Michel-Ange, dont on évacuait du même coup les sarcasmes, et le beau Francesco Granacci, géant blond qui s'était improvisé son ange gardien, pour le meilleur et pour le pire.

Pour l'instant, le meilleur s'annonçait : une invitation dans les jardins du prince. Quand Michel-Ange et Granacci eurent franchi la lourde grille, Bertoldo avait rejoint ses appartements. Perdu au milieu des antiques, ils finirent par découvrir un jeune homme accroupi dans un coin. Occupé à pétrir une statue dans la terre, il attendait manifestement les visiteurs. Il bondit sur ses pieds avec une souplesse animale et se présenta d'une voix de stentor, avec une pose digne d'un comédien :

— Pierre Torrigiano, de la famille des Torrigiani !

Le travail de la terre n'avait aucunement dérangé l'ordonnance de sa chevelure parfumée avec soin ni maculé sa chemise de soie d'un vert audacieux. Michel-Ange comparerait plus tard le bellâtre à un soldat : habile exécutant, bon camarade, mais le verbe haut, et prompt à la bagarre.

Sourire pour sourire, Michel-Ange, excité par la compétition, pétrit plusieurs statues en un tournemain, à la surprise émerveillée de Laurent le Magnifique, dont, tout ébloui par la faconde de Torrigiano, il n'avait pas remarqué la présence. Le Magnifique semblait taillé dans la pierre qui l'entourait : sa grande robe sombre laissait deviner un corps rompu à l'exercice. À quarante ans, il était encore considéré comme le meilleur cavalier de Florence et le danseur le plus gracieux, ce qui ne l'empêchait pas d'être un lecteur insatiable des manuscrits grecs et latins qu'il avait rassemblés dans une immense bibliothèque ouverte à tous, et qui n'était pas sans rappeler celle d'Alexandrie.

Que le prince était laid ! Comment rendre compte de cette aura qui, à celui qui osait le dévisager, donnait envie de tomber à genoux ? Il avait la mâchoire épaisse et le nez en pied de marmite, sa lèvre avançait entre deux rides profondes, ses cheveux noirs et drus semblaient taillés à coups de serpe à la perpendiculaire de la collerette blanche, noyant les sourcils et dégageant l'œil immense et sombre, prodigieusement intelligent.

Sentant l'approbation du seigneur, Michel-Ange dénicha des ciseaux et osa s'attaquer à un petit bloc de marbre qui traînait par là. Il y tailla une tête de faune « à l'antique », si réussie que le Médicis, pourtant avare de compliments, murmura : « Pur génie ! » Le petit sculpteur ne s'était pas contenté d'imiter. Par fantaisie, il avait tordu la bouche du satyre, découvrant sa langue et ses dents !

Laurent le Magnifique entoura de son bras les épaules de l'adolescent dont le cœur battait à coups redoublés, et plaisanta doucement, selon son habitude :

— Tu devrais savoir que les vieillards n'ont pas toutes leurs dents !

Il tourna brusquement les talons, se souvenant que le responsable de sa banque romaine attendait audience... Alors Michel-Ange cassa une dent à son faune et lui coupa la gencive.

*

Le prince, sidéré par cette personnalité hors du commun, ne parlait plus que de lui. Il finit par décider de le garder sous son toit et fit donc dire à Lodovico qu'il désirait traiter son fils comme l'un des siens. Il lui donna une chambre dans son palais, l'invita à partager ses repas avec ses fils et les dignitaires de sa cour.

Le petit sculpteur resta au palais quatre ans, jusqu'à la mort de son protecteur, en 1492. Pendant tout ce temps, le Magnifique alloua une pension mensuelle de cinq ducats à Lodovico, nommé officier de douane. Les jours de fête, Michel-Ange arborait fièrement un magnifique manteau violet, cadeau du mécène.

Où s'arrêtent les faits, où commence la fiction, quand le biographe, tel l'épistolier, « fait de la littérature » ?

Quelques réserves doivent être malgré tout apportées à la romance écrite par Vasari :

Le minuscule jardin de Saint-Marc, près du monastère San Marco, est, depuis Côme l'Ancien, une sorte de musée des antiques à ciel ouvert où il est pour le moins difficile de créer une école de sculpture. C'est d'ailleurs dans l'église Santa Maria del Carmine, où Bertoldo fait copier à ses élèves des fresques de Masaccio, que le jeune Torrigiano mentionné plus haut, fou de jalousie, va écraser le visage de Michel-Ange d'un coup de poing qui n'évoque guère un gentilhomme : « Je fermai le poing, rapporte-t-il au peintre Benvenuto Cellini ; je le frappai si violemment sur le nez, que je sentis les os et les cartilages s'écraser, comme une oublie *. Ainsi, je l'ai marqué pour toute sa vie. »

Si l'étiolement de la sculpture déploré par Laurent de Médicis est une évidence (la descendance de Ghiberti, tarie après Donatello et Verrocchio), cela semble avoir été complètement indifférent au père de Michel-Ange qui, selon Condivi, accueillit fort mal la requête du Magnifique :

Michel-Ange était donc retourné à la maison de famille et ayant fait l'ambassade du Magnifique, son père, qui se demandait pourquoi il était convoqué, se laissa convaincre difficilement par le Granacci et par d'autres qu'il devait y aller. Il se plaignait de lui, disant qu'il détournait son fils de sa véritable vie et, manifestant une fermeté hors de propos, assurait qu'il ne permettrait jamais que son fils fût tailleur de pierre. Le Granacci ne parvenait pas à lui faire comprendre quelle différence il y avait entre un sculpteur et un tailleur de pierre, et l'on disputa longtemps là-dessus [1] **.

Qui eût osé dire non au prince ? Pour une fois Lodovico, navrant *pater familias*, fera montre de courage :

— Si nous acceptons la proposition de Votre Seigneurie, c'est bien parce que Michel-Ange et nous tous sommes au bon plaisir de Votre Magnificence, corps et biens !

* Mot archaïque : petite galette.

** Les notes bibliographiques, appelées par chiffre, sont regroupées en fin d'ouvrage, p. 214.

*

Maître occulte de Florence, Laurent de Médicis n'occupe aucune fonction officielle. Il ne doit son surnom ni au faste de son train de vie, pourtant incomparable, ni à l'étendue de son pouvoir. Homme de caractère, à la fois réfléchi et doté d'un remarquable esprit de décision, il est non seulement admiré, mais respecté des Florentins. Paradoxe vivant alliant à la froide intelligence du gouvernement une culture peu commune et une sensibilité d'artiste (ses poèmes sont très appréciés de ses contemporains), il déploie, sous des dehors de gaieté débordante, des trésors de diplomatie pour maintenir la paix en Italie. La Florence laurentienne est un théâtre unique, où Michel-Ange va vivre pendant quatre ans, entre le tourbillon des fêtes populaires et l'austérité des discussions philosophiques de l'Académie platonicienne fondée au temps de Cosme l'Ancien par le philosophe Marsile Ficin.

Marsile Ficin a été le plus éminent protégé de Cosme l'Ancien. À cinquante-sept ans, cet homme minuscule au visage sillonné de rides profondes dues, paraît-il, aux migraines récurrentes et aux nuits sans sommeil, a « tout traduit » : l'intégralité des dialogues platoniciens, l'œuvre d'Aristote, de Confucius, Zoroastre, les philosophes égyptiens... y compris les quatorze volumes du *Pimandre* *,

* Livre sacré remontant à des milliers d'années, et initiant au savoir ésotérique de la Kabbale, postulant un fonds commun de toutes les religions. L'existence du *Pimandre* est attestée par la tradition juive et par saint Augustin.

ouvrage introuvable du mage Hermès Trismégiste, précurseur de Platon.

Formé à la médecine par son père, écrivain de grand renom, introducteur de l'imprimerie à Florence, Marsile Ficin est devenu, de son vivant, un véritable mythe : dort-il la plume à la main, enroulé dans sa chemise ? A-t-il toujours porté le même pourpoint brodé qui finit par ressembler aux bottes usées qui lui descendent sur les chevilles ?

Les aphorismes du philosophe vont nourrir les bûchers de l'Inquisition. Comment oser proclamer que l'homme, fait à l'image de Dieu, est son propre créateur (« l'œil du monde », « le rire du ciel ») ?

À l'Académie, on croise aussi Cristoforo Landino, ancien précepteur de Pierre le Goutteux, père de Laurent de Médicis, et de Laurent lui-même. À soixante-dix ans, ce vieillard d'une rare distinction, longtemps secrétaire de la Seigneurie, est salué dans toute l'Italie pour ses commentaires sur la première édition de la *Divine Comédie* imprimée à Florence. On le surnomme l'« autre Dante ». Son grand projet : faire de la *volgare* (la langue italienne, considérée comme un patois, ou un argot) une langue noble qui supplantera le latin, langue culturelle imposée par le Vatican. Landino a bravé la norme dans ses traductions italiennes de Pline, Horace et Virgile, devenues un véritable enjeu politique et religieux.

Dans le groupe platonicien, le surnom va de soi : le jeune comte Pic de la Mirandole (il n'a que vingt-six ans) est l'« homme qui sait tout ». De toute l'Europe, on vient demander conseil à cet élu des dieux qui allie à ses boucles blondes et à sa silhouette gracieuse d'ange botticellien une culture presque inconcevable : dans le « palais de sa mémoire », il loge plus de vingt langues vivantes ou mortes (dont sans doute le langage chiffré qui les faisait communiquer selon les kabbalistes), et tous les ouvrages qu'elles comportent, à la virgule près. En 1487, ses neuf cents *Conclusions philosophiques* visant à réconcilier toutes les religions ont été condamnées comme hérétiques par le pape Innocent VIII, et brûlées publiquement à Rome. On murmure qu'il a eu le temps, avant de s'enfuir du Vatican grâce à la haute protection du Magnifique, d'en faire imprimer quelques exemplaires qui circulent sous le manteau.

Qui reconnaîtrait Politien, le poète des *Stances* (poème le plus réputé depuis Pétrarque, célébrant le frère cadet de Laurent, Julien, assassiné par les Pazzi *), dans ce long jeune homme de trente-six ans au visage tout rond et au teint fleuri ? On le dit si laid qu'à son côté Laurent semble beau. Du matin au soir on le voit courir à travers le palais, maladroit et rougissant, poursuivi par les sept enfants de Laurent dont il assure l'éducation. Ce latiniste et helléniste hors pair a publié dès ses dix ans et il a une sainte horreur de l'apprentissage dans la souffrance qu'on associe à l'idée de religion. Attentif à ne jamais séparer l'étude du jeu, il va devenir le précepteur de Michel-Ange.

* La conjuration des Pazzi (1478), fomentée par la famille florentine rivale des Médicis, était soutenue par le pape Sixte IV.

L'influence de Politien est essentielle sur l'œuvre d'un artiste qui donnera souvent au sacré un caractère de fête, voire d'orgie (*L'Ivresse de Noé*, sur le plafond de la chapelle Sixtine, centré sur un sexe en érection), comme s'il prenait un malin plaisir à subvertir le texte biblique.

*

L'assemblée dégage un fumet d'hérésie, et pourtant elle va engendrer deux papes qui influeront profondément sur le destin de Michel-Ange :

Jean, fils cadet de Laurent, n'a que huit mois de moins que lui, et l'esprit lui tient lieu de beauté. Les mauvaises langues ont beau prétendre que son intelligence sert exclusivement sa paresse, le Magnifique acquiesce en souriant, rétorquant qu'il s'agit d'une vertu diplomatique. Le destin de Jean est tout tracé, il doit sceller par la plus haute dignité spirituelle l'autorité financière des Médicis : il sera pape. On lui promet déjà le cardinalat auquel il accédera à seize ans, juste avant la mort de son père. Laurent note fièrement dans la marge de la dernière lettre reçue de son Jean, sur le chemin de Rome où vont lui être remis les insignes de sa fonction : « Lettre de mon fils le Cardinal ».

Vingt ans plus tard, en 1512, le plus cher désir du Magnifique se réalisera : le Sacré Collège, réuni pendant six jours dans l'étouffante chapelle Sixtine, élira à l'unanimité, sous le nom de Léon X, le « bon gros » Jean qui a merveilleusement suivi la leçon de son père : ne jamais se faire d'ennemis.

Jules, bâtard de Julien, frère défunt de Laurent, a sensiblement l'âge de Michel-Ange. Grand, mince, élégant, peu démonstratif, il est exactement l'opposé de son cousin Jean, dont il s'est fait adroitement l'ami indispensable : non seulement le confident, mais celui qui endure les efforts, prend les décisions, veille au bien-être... Jules suivra le pape Léon X jusqu'à Rome où il restera son éminence grise. À la fin de l'année 1523, vingt-deux mois après sa mort, il sera rebaptisé Clément VII et prendra la succession de l'éphémère pape Adrien VI. Comme pour Léon X, la colonie florentine de Rome dressera un immense arc de triomphe aux armes des Médicis. Les trompettes sonneront... Le rêve de Laurent est surpassé : non pas un, mais deux papes Médicis !

Les discussions du palais Médicis marqueront peut-être, un demi-siècle plus tard, les fresques du *Jugement dernier* qui ornent les murs de la chapelle Sixtine de Rome. Mais c'est surtout en lisant les *Sonnets*[2] de Michel-Ange qu'on pense à *L'Enfer* de Dante, ou au tombeau que représente le corps platonicien :

Malheur à moi ! Malheur !
Dans tout mon passé je ne retrouve
Pas un jour qui ait été à moi !

Ah ! Faites, faites
Que je ne retourne plus à moi-même !

Dans ces vers, qu'il faudrait lire en italien parce que la musique de l'allitération est aussi peu traduisible que l'*Annabel Lee* d'un Edgar Poe, on entend à la fois la douleur de l'homme chassé du jardin d'Éden, et l'orgueil de l'homme tout-puissant de la Renaissance. « Michel-Ange l'éveillé » est un écorché vif. Il se représentera d'ailleurs, avec l'humour morbide que lui reconnaissent ses biographes, dans la fresque du *Jugement dernier* de la chapelle Sixtine, sur la peau sanglante que secoue l'apôtre Barthélemy, l'écorché.

Détail significatif, le Barthélemy de la fresque tient non seulement sa dépouille, mais le couteau du supplice : il est celui qui souffre et qui se fait souffrir. Regardons mieux : Barthélemy en fureur, chauve et nanti d'une barbe de prophète, n'a rien d'un Michel-Ange. La dépouille au contraire, pure figure de la vulnérabilité et de la douleur, chevelue et presque imberbe, ressemble trait pour trait au peintre. Comme si chaque coup de couteau de Barthélemy rendait l'apôtre plus proche de Michel-Ange, « chacun de mes coups de ciseau donne vie à la pierre *, semble dire cet autoportrait, il révèle ce dont il me sépare telle une peau indigne ! ».

Le « Divin Michel-Ange » ? Il faut imaginer un voyant insatisfait de son œuvre au point de la réduire en miettes, un artiste à qui le marbre révèle la Beauté et la Vérité, en même temps que l'intolérable finitude de l'œuvre.

Incontestablement, Michel-Ange est l'un des plus grands génies de tous les temps. Personne n'a jamais

* Michel-Ange, à l'opposé de Léonard, considérera toujours la peinture comme une forme de sculpture, autrement dit comme un art du relief.

pu prouver de quel maître il tenait sa pratique de la sculpture. Pas du vieux Bertoldo, spécialisé dans le modelage au bronze ; pas non plus de Ghirlandaio qui le salariait comme un maître. La filiation de ses *putti* (chérubins porteurs de guirlandes, très fréquents dans l'art italien) remonterait à Benedetto da Maiano, sculpteur de grand renom, qui l'aurait initié à son art bien avant Ghirlandaio : « Avec le lait de ma nourrice », suggère Michel-Ange, moqueur.

*

Sa première œuvre marquante, — la *Vierge à l'escalier*, est un petit bas-relief exécuté en 1491 à seize ans, l'année de la mort de Bertoldo. Bien au-delà de son influence, c'est chez Donatello qu'il faut chercher une parenté... Michel-Ange reprend le *stiacciato* utilisé par Donatello dans la *Madone des Pazzi* à Berlin. Cette technique, que nous avons déjà mentionnée, s'inspire des lois de la perspective de l'architecte Brunelleschi. Elle consiste à aplatir une sculpture en tenant compte du regard du spectateur, de sorte qu'elle n'atteint ses justes proportions que vue d'une certaine distance. Vasari n'y va pas par quatre chemins : il compare la *Vierge à l'escalier* à un Donatello, « si ce n'est qu'on y voit plus de grâce et plus de dessin » !

La seconde œuvre intéressante, *La Bataille des Centaures*, un bas-relief de dimension importante, réalisé dans un bloc de marbre plus convexe, est proposée par le philosophe Politien. Le Quattrocento a habitué graduellement à passer des sujets religieux aux thèmes empruntés à l'Antiquité. Il est établi que Michel-Ange avait la clef du jardin de Saint-Marc. L'hypothèse probable est qu'ayant à illustrer un passage des *Métamorphoses* d'Ovide, il s'est inspiré d'une bataille représentée sur un sarcophage romain. Dans l'enchevêtrement des corps, où l'intelligence combat la démesure, apparaît la préoccupation majeure de Michel-Ange qu'on retrouve dans toute son œuvre : le nu masculin en mouvement.

Que *La Bataille des Centaures* ait pu s'inspirer aussi des reliefs des Pisano, père et fils (les chaires de Pise), quelle importance ? La première jeunesse des plus grands artistes est immanquablement un raccourci de toute l'histoire de l'art (il suffit de penser au premier Picasso)... Michel-Ange lui-même sait que *La Bataille des Centaures*, exécutée juste avant la mort de Laurent de Médicis en avril 1492, est sa première œuvre digne de ce nom. Restée inachevée en raison du retour dans la maison paternelle, la statue l'accompagnera toute sa vie.

Laurent est mort à quarante-trois ans d'une fièvre soudaine imputable à une crise de goutte, mais aussi à des douleurs d'estomac laissant supposer un empoisonnement. À la surprise générale, il a demandé à recevoir l'extrême-onction de Savonarole, prieur de Saint-Marc. Pourquoi avoir choisi ce frère dominicain qui le dénonce dans ses prêches comme un suppôt du diable ? Les énigmes se multiplient : lors du décès, une comète fait le jour en pleine nuit, et les lions du zoo rugissent à rendre sourd ; le lendemain, le corps du médecin, Pier Leoni, est retrouvé au fond d'un puits.

Dormir les yeux ouverts

La mort du Magnifique plonge Michel-Ange dans un état qui frôle la mélancolie. Son manque profond se double d'un sentiment d'abandon qui ravive la disparition récente du doux Bertoldo. Et puis la situation ne porte pas à l'optimisme : voir le fils aîné de Laurent, Pierre de Médicis, l'imbécile de la famille, porté au pouvoir, en hommage à son père, par l'unanimité de la Seigneurie, a de quoi inquiéter !

Consterné, Michel-Ange réintègre le lit qu'il partage avec son frère Buonarroto dans le logis familial. Il a suffisamment côtoyé Pierre pour connaître sa morgue, sa futilité, sa veulerie. Aucune affinité entre les deux jeunes gens. Il suffit d'un regard pour comprendre qu'on est indésirable.

Pas d'autre solution que le retour peu enthousiaste à l'atelier de Ghirlandaio, lequel, pour une raison mystérieuse, double ses appointements, à la grande joie de Lodovico Buonarroti. Le jeune homme est le plus rapide de l'atelier. Son « carton * » fini, il rend

* Dessin sur carton, au format, du modèle à peindre. On procède à l'encre et au crayon de couleur, à la craie, à la plume, au fusain, à la sanguine, au blanc de plomb.

visite aux Topolino à Settignano, ou au prieur de Santo Spirito, solide gaillard qui l'a connu pendant sa prime enfance. Nicolas Bichiellini règne non seulement sur une église, mais sur une bibliothèque, une école, et un hôpital. Il va permettre à Michel-Ange de parfaire sa culture des antiques, mais surtout d'accéder à la connaissance qui lui fait cruellement défaut : celle de l'anatomie.

À l'époque, contrairement à ce qu'on croit souvent, la dissection des corps non réclamés (vagabonds, condamnés) n'est pas interdite par l'Église, même si elle reste le privilège des médecins. Est proscrite, et passible de mort, la « profanation » des cadavres, autrement dit le fait de les déterrer. Comment Michel-Ange a-t-il convaincu le prieur de lui laisser la clef de la chambre mortuaire de Santo Spirito ?

Il faut l'imaginer soulevant le drap, et titubant dans l'odeur de fleur pourrie. À la lueur vacillante de la chandelle, il distingue mal le visage du mort, réduit comme le reste du corps à une chose dure, froide, couleur de viande avariée. Surmontant une sorte de terreur sacrée, il va inciser son semblable avec un couteau de boucher. Que la peau est dure ! Tiens, le sang ne coule pas ? Sous la graisse jaune, qui fait penser à celle des oies de Settignano, affleure la fibre musculaire d'un rouge presque noir. Au-dessous, luit l'invraisemblable labyrinthe de l'intestin.

Le jour, Michel-Ange se rend à l'atelier, la nuit, il reprend le chemin de Santo Spirito, extrayant un cœur ou un cerveau avec des ciseaux de couturière, explorant les os au scalpel, et s'aspergeant comme il peut à l'eau de la fontaine avant de se glisser dans le lit qu'il partage avec son jeune frère Buonarroto, la mort dans les narines, le corps glacé. Même l'insoutenable huis clos avec un pendu ou un jeune homme poignardé ne le détournera pas de cette exploration de la mort. Avec la prémonition qu'il donnera vie à la pierre comme s'il ranimait ces inconnus dont il entaille la chair, il continue, tremblant d'épuisement, au bord de la nausée.

Une remarque au passage : l'hôpital Santo Spirito n'accepte que les hommes, ce qui expliquerait la virilité des figures féminines de Michel-Ange (ses *Sibylles*). Sa *Pietà* elle-même n'offre au regard que ses mains fines et son gracieux visage. Ses formes sont seulement suggérées par le drapé du manteau.

Pour remercier le prieur, Michel-Ange a-t-il exécuté le *Crucifix* en bois polychrome qui se trouve encore aujourd'hui dans le monastère de Santo Spirito ? Les experts contredisent généralement les biographes… Mais la douceur de l'expression et la finesse de la découpe du *Crucifix* sont-elles vraiment incompatibles avec la *terribilità* * du divin Florentin.

Ce qui est hors de doute : les dissections vont être interrompues par un événement inattendu : la mort de Ghirlandaio, emporté par l'épidémie de peste qui marque l'hiver 1493. Plus aucun moyen de subsistance !

* Mot intraduisible, très employé à la Renaissance : à la fois « énergie », « fureur », « attitude imposant une terreur sacrée », « inspiration divine »…

*

Michel-Ange a décidément de la chance : en janvier 1494, il est convoqué par l'infantile Pierre de Médicis, qui lui demande de sculpter dans la cour du palais un bonhomme de neige comme on n'en aura jamais vu. Immense, incontournable. On viendra l'admirer de toute l'Italie parce qu'il gèlera plus que de coutume, la pluie et le beau temps obéissant au petit Médicis. Quel hommage à la fête, mais aussi à la force qui écrasera de sa superbe tous les bonshommes de neige du monde !

Michel-Ange, blessé dans sa fierté d'artiste, accepte ce qui ressemble bien à un chantage : en échange du géant éphémère, Pierre lui promet de reconduire les privilèges dont il jouissait du vivant de Laurent, et il tiendra parole.

C'est l'époque où, fort de ses nouvelles connaissances en anatomie, il achète aux chantiers du Dôme (gérés par le Conseil des travaux du Dôme, directement dépendant de la Seigneurie) une colonne de marbre à peine plus petite que sa voisine, le « bloc de Duccio » (endommagé par le sculpteur Augustin de Duccio, ce bloc servira plus tard pour le *David*). L'énorme marbre est apporté sur un char à bœufs, et, au risque de rompre les cordes de freinage, si tendues que les tailleurs de pierre manqueront être écrasés par sa chute, il est déchargé au fond des jardins de Saint-Marc.

De ce premier marbre sculpté en ronde-bosse, il ne nous reste qu'une gravure d'Israël Silvestre représentant le jardin du château de Fontainebleau.

Étrange destinée pour cet *Hercule* gigantesque censé représenter la quasi-divinité de Laurent de Médicis, le prince aux « plus-que-douze-travaux » : vendu à l'ami d'enfance Philippe Strozzi qui la donne à François Ier, elle figurera comme une énigme au centre du jardin avant sa destruction au XVIIIe siècle.

Dès la fin de l'époque laurentienne une menace pèse sur Florence. En 1494, fort de prétendus droits au trône de Naples, Charles VIII, jeune et bouillant roi de France, a armé vingt mille hommes. Certes, ses troupes, dignes des armées de César, ont de quoi décourager. Mais comment expliquer qu'il soit si bien reçu à Milan par le régent Ludovic Sforza ? En Charles VIII, c'est un sauveur qu'on fête : en 1492, le stupide Pierre de Médicis et le roi Ferdinand de Naples ont signé un traité secret sur le démembrement de Milan !

La situation confine à l'absurde : Charles VIII sommant par deux fois Pierre de Médicis de lui laisser le libre passage vers Naples ; Pierre congédiant les envoyés du roi de France sans même penser à rassembler les troupes régulières ou les mercenaires.

Du vivant de Laurent, jamais Charles VIII ne se fût permis de traverser la Toscane. Le Magnifique était son ami, et il pouvait compter sur Milan, Padoue, Gênes, Ferrare… Par ses manœuvres inconséquentes, Pierre s'est coupé de ses alliés. Venise argue de sa neutralité, Rome refuse ses troupes. Même à Florence, on salue l'arrivée imminente des Français qui vont chasser l'indigne rejeton des Médicis. Il n'est que d'écouter les prophéties du frère dominicain Savonarole.

En 1491, Savonarole a été nommé prieur de San Marco. Depuis l'élection de Pierre de Médicis, ses prêches ont pris un tour apocalyptique : contre la corruption de l'Église (Alexandre VI Borgia, élu en 1492) ; contre l'oligarchie des puissances financières qui trompe la confiance du peuple et déprave ses mœurs… Son verbe terrifiant fascine une assistance innombrable, du manœuvre analphabète à un Pic de la Mirandole, du peintre Botticelli au frère aîné de Michel-Ange, Lionardo, homme fort ordinaire qui se fera dominicain.

Un demi-siècle plus tard, Michel-Ange assurera à Condivi qu'il entend encore la voix « glaçante » de Savonarole, traversant comme le tonnerre le corps si frêle du moine, et qu'un tremblement le saisit à l'idée de ses yeux enfoncés dans les orbites comme deux flammes noires. Le dominicain lançait l'anathème sur Florence, et ses prédictions se réalisaient : la mort de Laurent de Médicis, et le « châtiment divin » de l'invasion française en 1494 !

*

À la mi-octobre, l'armée de Charles VIII, qui a envahi l'Italie du Nord, campe devant la forteresse florentine de Sarzana. Déjà, plusieurs forteresses de la frontière toscane sont tombées. Début novembre, Pierre se rend au camp en vue d'une négociation… qui consiste à promettre à l'ennemi les clefs des forteresses côtières, Livourne et Pise, et une somme de deux cents florins, s'il accepte de poursuivre son chemin en « évitant Florence ».

À son retour, le Grand Conseil fait sonner la cloche de la Seigneurie comme pour un deuil, et reproche publiquement à Pierre « sa lâcheté, sa folie, sa bêtise et sa reddition ». Une délégation (nullement hostile) comprenant Savonarole est envoyée à Charles VIII. Pierre en est évincé. Furieux, il regagne Florence sous les huées :

— À bas les Médicis ! Quatre mille ducats pour la tête de Pierre !

La foule lui lance des pierres. Il s'enfuit par les jardins et réussit à rejoindre une bande de mercenaires à la Porta San Gallo, juste avant que la foule déchaînée ne déferle à l'intérieur du palais, déchirant tableaux et tentures, se disputant à coups de poing bijoux et pièces d'or, lampant les bouteilles de vin fin qu'on fracassera sur les livres rares éparpillés, sur le mobilier en morceaux... Pierre de Médicis a vu la mort de trop près, il ne reviendra jamais à Florence.

La mise à sac du palais Médicis s'achève sur une scène surréaliste avant l'heure : sous une pluie d'or, jaillie, dans un concert d'insultes, des fenêtres du Magnifique, l'immense statue de *Judith et Holopherne* flotte au-dessus de la marée hurlante, poussée, hissée par des milliers de bras jusqu'à la place de la Seigneurie où elle va être lâchée, miraculeusement préservée pour offrir à la face du monde son allégorie sanglante : la victoire du peuple contre la tyrannie.

Quand Charles VIII approchera des murs, les

Florentins n'auront d'autre solution que de se calmer. Épuisés, ils accueilleront comme un cauchemar ou un rêve éveillé l'inimaginable déploiement des forces armées françaises. Alors, l'instinct de conservation prenant le pas sur leurs pensées confuses, ils accueilleront par des ovations la parade de l'ennemi vainqueur.

Le sculpteur n'a pas attendu l'arrivée des troupes françaises. Inquiet en raison de son intimité avec les Médicis, et carrément affolé par un musicien du palais auquel Laurent est apparu en haillons de deuil, lui ordonnant de prévenir son fils (lequel l'a fait étriller publiquement par ses écuyers : « S'il avait eu à se montrer, c'eût été à moi, et non à toi ! »), il a sellé nuitamment trois chevaux de l'écurie du palais et quitté Florence avec deux compagnons de l'atelier de Ghirlandaio. Par les Apennins, il a gagné le territoire neutre de Venise. Mais, n'y trouvant pas de travail, il a rebroussé chemin vers « Bologne aux deux cents tours », aussi impressionné par les puissants remparts que par les tours qui protègent chaque maison de la maison voisine à hauteur du deuxième étage, raréfiant l'air dans les ruelles au point qu'on atteint la place principale avec un soupir de soulagement… pour tomber dans les bras des policiers bolonais :

— Vos pouces !

— Pourquoi ?

Michel-Ange et ses camarades finissent par comprendre : un récent décret exige que les étrangers qui entrent dans la ville soient marqués d'un sceau de cire rouge sur l'ongle du pouce.

— Sinon, c'est cinquante livres bolonaises, ou la prison.

— Mais nos poches sont vides ! Nous venons chercher du travail !

Michel-Ange est décidément un élu de la destinée : Jean-François Aldovrandi, gentilhomme ami du Magnifique, assiste à la scène. D'un geste, il écarte les policiers. Avec un sourire avenant, il s'approche des jeunes gens. Il a reconnu Michel-Ange, le protégé de Laurent, croisé tant de fois au palais Médicis. Il l'hébergera pendant un an.

*

Aldovrandi n'a que quarante ans, mais il a acquis dans la banque une fortune suffisante pour se consacrer exclusivement aux arts et exercer un mécénat auprès des jeunes artistes. Il obtient facilement pour Michel-Ange une commande importante du Conseil de Bologne : trois personnages pour la châsse de saint Dominique (dans l'église du même nom) laissée inachevée par Niccolò Dell' Arca, dit Niccolò de Bari, tout juste décédé.

Le tombeau du fondateur de l'ordre des dominicains est un monument presque emblématique pour les Bolonais. Il justifie à leurs yeux les plus folles dépenses. Mais Aldovrandi, qui sait à quel point les finances du Conseil sont indispensables à la défense militaire, décide d'offrir le marbre de Carrare, et son transport à travers les Apennins. Michel-Ange disposera de l'atelier de Niccolò Dell'

Arca, avec son établi, ses instruments, ses modèles de cire...

Chaque soir, Aldovrandi se fait lire à haute voix par son invité un passage d'un auteur de son choix, comme c'était la coutume chez les Médicis : Aldovrandi, en chemise dans son alcôve tendue de brocart, ferme les yeux. Sans ses cheveux gris, avec ses traits détendus sur un léger sourire, on lui donnerait à peine trente ans.

Michel-Ange a le sentiment d'accomplir là un rite sacré. Debout, retenant son émotion, il élève lentement à hauteur de ses yeux *La Divine Comédie* de Dante ou un sonnet de Pétrarque, et ouvre le livre au hasard. Il est superstitieux et ne tient pas à déranger l'ordre des choses. Sa scansion est remarquable, Laurent le lui disait doucement... Un léger ronflement : Aldovrandi s'est endormi. Le jeune homme peut regagner sa chambre.

C'est par Aldovrandi que Michel-Ange apprend la mort de Politien et de Pic de la Mirandole à quelques semaines d'intervalle. Politien, dominicain de la dernière heure, a été enseveli à l'église Saint-Marc selon sa dernière volonté. Pic a rendu son dernier soupir dans une cellule de Saint-Marc, où il s'était retiré. On l'a mis en terre en costume de dominicain. On murmure que Savonarole l'a fait empoisonner *.

Le sculpteur en conçoit un chagrin profond. Comment se concentrer sur la masse et le ciseau quand les larmes vous brûlent les yeux ? Il doit ache-

* Trois ans plus tard, le secrétaire de Pic, Casalmaggiore, mis à la question par l'Inquisition à la demande de Savonarole, écrira sous la dictée qu'il a empoisonné son maître sur l'ordre des Médicis...

ver la petite statue de *Saint Procule* devant laquelle Niccolò Dell'Arca s'est endormi pour toujours, sculpter de toutes pièces un *Saint Pétrone* (saint patron de Bologne) et un *Ange au chandelier*.

Le soir, après le rituel de la lecture, il fait des esquisses, les chiffonne rageusement, embarrassé par la représentation d'un ange : « Qu'est-ce qu'un être spirituel au service de Dieu ? ». Michel-Ange ne va tout de même pas faire abstraction des connaissances acquises à l'hôpital Santo Spirito ! Le corps a son importance, il est l'« antichambre » platonicienne de l'esprit.

L'ange mesurera une cinquantaine de centimètres, comme les autres personnages. Il aura le corps du petit paysan râblé qui lui a servi de modèle, et un visage de pâtre grec. On lui fera des ailes, c'est la coutume. Mais elles sembleront rapportées : des ailes d'oiseau de proie.

Pourquoi donc ? Michel-Ange sème tout au long de sa vie des questions sans réponses. Les ailes, il ne les aime pas : des appendices bons pour la volaille, indignes de celui qui a pour mission de nous rapprocher de Dieu ! L'*Ange au chandelier* est déjà l'intermédiaire entre l'homme et son Créateur. Rien de commun avec l'ange traditionnel. Il est la préfiguration de l'« homme plus qu'homme » (infiniment fort, et absolument vulnérable) qu'évoqueront les *ignudi* * de la voûte de la chapelle Sixtine.

* Éphèbes assis sur des piédestaux, représentés sur la voûte de la chapelle Sixtine, à l'angle des *Histoires* bibliques. Leur beauté renvoie à la pureté de l'âme mise à nu. Ils sont représentés dans toutes les poses décrivant la condition humaine : curiosité, inquiétude, douleur, joie, surprise.

Ouvrant, par son aura, un espace sacré qui devient représentation de la condition humaine, l'*Ange au chandelier* semble modelé dans la cire. Le ciseau du sculpteur a procédé avec une tendresse surprenante, comme si sa *terribilità* était domptée par la douceur de son modèle. De l'*Ange* émane la tendresse des reliefs pisans du XIIIe siècle qui ornent la partie la plus ancienne du tombeau. Pour une fois, Michel-Ange s'est laissé dompter.

Les deux saints, traités d'une manière très différente, évoquent le *Saint Pétrone* qui surplombe le portail de l'église San Petronio de Bologne. Que de fois Aldovrandi a mené son hôte Plazza Maggiore, vantant à un Michel-Ange ébloui le portail sculpté par Jacopo Della Quercia au tout début du Quattrocento... En cette année 1400, il venait d'être battu par Ghiberti dans le concours pour les portes du baptistère de Florence. On reconnaît sur les cinq scènes qu'il a sculptées la revanche magnifique d'un géant blessé dans sa fierté.

Comme s'il y était, Michel-Ange revit une conversation avec Aldovrandi sous le portail de l'église :

— J'aurais réagi comme Della Quercia, Jacopo, murmure-t-il. Enfin, peut-être... Écrasé par la honte, à sa place je me serais plutôt cloîtré sans manger ni dormir... Oublie ce que tu viens d'entendre, ami, ces moments d'abattement que je traverse si souvent, j'en charge déjà les épaules de mon père et de mon frère Buonarroto, à quoi bon t'infliger le fardeau de mon mal ?

Pas plus que Michel-Ange, Jacopo Galli n'est un

homme démonstratif. À son compagnon qui s'isole maintenant dans un mutisme bougon, il adresse un sourire mystérieux :

— Sais-tu, Michel-Ange, que Della Quercia, en sculptant ce portail, est le premier à avoir emprunté à la sculpture allemande ? Là-bas, on appelle cette manière le *Vesperbild*. C'est un thème, souvent exécuté en bois, qui comporte en son centre une pietà où Marie porte Jésus.

— Rien à voir avec notre *Imago Pietatis*, si fréquente chez Donatello, où le Christ est porté par des anges, s'exclame Michel-Ange.

Il se tait à nouveau, la tête renversée, comme happé par le portail. Cette représentation d'une Vierge à l'enfant produit en lui une impression profonde : plus d'anges ! Imagine-t-il déjà son œuvre majeure, la *Pietà*, inspirée du *Vesperbild*, quatre ans plus tard à Rome ?

La sculpture de la châsse de saint Dominique ne témoigne pas seulement d'un intérêt nouveau pour une sculpture nordique qui rejoint le propre questionnement de Michel-Ange, elle illustre à merveille l'image provocatrice du jeune sculpteur. Aux côtés d'un *Saint Pétrone* représenté comme un noble vieillard flottant dans sa robe d'archevêque et offrant aux Bolonais la maquette de leur ville, *Saint Procule* en tunique, le visage frondeur et le muscle vigoureux, évoque le jumeau à échelle réduite de l'*Hercule* de Fontainebleau ! On pense à nouveau à la Sixtine, avec ses prophètes à l'expression ou aux gestes résolument décalés par rapport au rôle imparti par la Sainte Bible…

Michel-Ange rentre à Florence à la fin de l'année 1495, il a le mal du pays. Surtout, ne pas fouetter le cheval, la route est boueuse, et par ce vent… Ne pas trop penser non plus, l'avenir est angoissant… Laissant des garnisons dans les villes occupées, Charles VIII a poursuivi sa route vers Naples, encouragé par le pape Alexandre VI qui lui a ouvert gracieusement les États pontificaux. À Bologne, les associés d'Aldovrandi ont rapporté un soir de Florence l'histoire du siège de Monte San Giovanni, aux portes de Naples : il n'y a eu aucun survivant ! Les soldats, épouvantés eux-mêmes par les atrocités commises, ont brûlé la forteresse pour en effacer jusqu'au souvenir. L'événement a inspiré une telle horreur au roi Ferdinand qu'il a abdiqué. Charles VIII n'a pas hésité : il s'est aussitôt couronné roi de Naples.

*

Même après la retraite des troupes françaises, débordées par la coalition de leurs anciens alliés, l'issue reste indécise. Le *condottiere* * Ludovic Sforza, détaché par Charles VIII, ne semble pas de taille à lutter contre un autre *condottiere*, Frédéric Gonzague de Mantoue, devenu un véritable mythe pour les Italiens… Mais qui sait ? L'Italie ressemble

* Le *condottiere* de la Renaissance italienne est un ancien soldat, souvent noble, qui se met avec ses troupes, au service d'un État contre de l'argent. Sa férocité reste inséparable d'un code de l'honneur qui le distingue du vulgaire mercenaire.

au corps lardé de coups de couteau que Michel-Ange a renoncé à disséquer à Santo Spirito. Il respirait, il l'aurait juré !

Pauvre Italie, démembrée, remembrée au prix d'alliances éphémères, offerte comme une proie rêvée au cynisme d'un César Borgia (fils du pape Alexandre VI, et *condottiere* des troupes pontificales) ou au fanatisme d'un Savonarole ! Michel-Ange dessine, il ne cesse jamais de dessiner. Même dans ses *Lettres*, où il croque les événements dans les coins ; même quand il se laisse porter par son cheval dans les flaques nauséabondes, absorbé par le rêve de la « colonne de Duccio » entrevue dans les chantiers du Dôme... C'est son *David*, qu'il esquisse déjà en pensée. Un jeune homme en pleine vigueur, symbole du renouveau, de l'énergie, du courage à redonner à Florence...

Toujours confiant dans ses prémonitions, qu'elles soient heureuses comme ce soir de 1495, ou tragiques comme celle qui lui a fait prendre la fuite un an plus tôt, Michel-Ange s'est retiré en lui-même. Sur ce cheval qu'il a mené, en état de complet dédoublement, jusqu'aux murs de Florence, il apparaît tel un dormeur éveillé, promenant sur sa famille venue l'accueillir le « regard intérieur » qui frappe encore sur le buste en bronze que fera de lui, plus d'un demi-siècle plus tard, son élève Daniele da Volterra.

Le voilà maintenant place de la Seigneurie, marchant d'un pas rapide vers le palais « Popolano » avec son ami Granacci. Ce dernier vient de lui transmettre une invitation des « Popolano ». Il s'agit de riches mécènes, Lorenzo et Giovanni di Pierfrancesco de' Medici, cousins de Pierre, qui ont changé de nom par prudence, choisissant « Popolano » à l'imitation du mot *popolani* qui désigne le Parti du Peuple, majoritaire à Florence depuis les élections démocratiques de 1494.

À Florence, plus de musique, aucun rire. Sur les ruelles désertes pèse un silence oppressant. Granacci parle à l'oreille de Michel-Ange :

— Tu sais comme nous raffolons des sobriquets : les Popolani sont appelés « pleurnicheurs » par le camp adverse. C'est qu'ils se frappent la poitrine et se traînent à genoux comme les dominicains, depuis que Savonarole a béni leur parti !

— Et le Grand Conseil ? Aldovrandi le comparait au Conseil vénitien : mille membres !

— Oui, Michel-Ange, mais le pouvoir n'est jamais officiel, le Magnifique nous l'a appris... Il appartient à présent au dominicain. Sans aucune fonction précise, il règne sur les âmes du fond de son monastère comme Laurent régnait sur les esprits du fond de son palais.

*

L'accueil des « Popolano » laisse entendre qu'à peine âgé de vingt ans, Michel-Ange a déjà une solide réputation. Conduit par Granacci dans un palais somptueux aux murs couverts de tableaux ayant appartenu à Laurent*, le jeune homme est abreuvé de vins fins et copieusement sustenté par deux inconnus aux visages de marchands de bestiaux, vêtus comme des princes. À moitié ivre, il s'entend commander un *Saint Jean-Baptiste*, gage de la piété pour Savonarole.

L'œuvre, attestée par Vasari, a été perdue. Mais Michel-Ange va exécuter aussi pour ses hôtes un *Cupidon endormi* qui suggère à Lorenzo ébloui cette repartie peu scrupuleuse :

— Si tu l'enterrais, je suis certain qu'il passerait pour un marbre antique, en l'arrangeant de manière qu'il paraisse vieux, et en l'envoyant à Rome où tu en tirerais beaucoup plus d'argent qu'en le vendant ici !

On connaît le génie de Michel-Age pour imiter les antiques. Le *Cupidon* va être ainsi « déterré » par un revendeur, Baldassare Milanese, qui l'emporte à Rome où, empochant une copieuse commission, il le vend deux cents ducats au cardinal Riario, neveu du pape Sixte IV. Le cardinal doute rapidement de l'authenticité de la statue, devinant que, pour être si belle, elle ne peut être que l'œuvre d'un Florentin. La suite de l'histoire ressemble à l'une de ces histoires fabuleuses qui parsèment une destinée qui deviendra elle-même légendaire :

Riario, s'étant juré de découvrir l'identité de l'artiste et de le persuader de venir à Rome, envoie un émissaire à Florence, lequel feint d'avoir mission

* La collection de Laurent a été mise aux enchères, et ils en ont racheté une bonne partie.

de chercher un sculpteur pour une importante commande de Rome.

Le gentilhomme, du nom de Leo Baglioni, visite les ateliers, suscitant disputes et empoignades chez les petits maîtres de Florence. Bertoldo et Ghirlandaio sont morts. Le violent Torrigiano, exclu de la communauté florentine, travaille à Rome pour les Borgia. Quant au fidèle Granacci, se doutant de la supercherie, il s'est exilé pour quelques semaines dans la propriété d'un ami…

— Allez voir chez Michel-Ange, conseille un membre du Conseil des travaux du Dôme.

Baglioni trouve le jeune homme bavardant avec son frère Buonarroto, des dessins plein les poches, retour d'une journée à parcourir une ville où le moindre passant se mue en « modèle vivant ».

— Je cherche un sculpteur pour un éminent personnage de Rome. Des notables m'ont vanté tes qualités. As-tu quelque chose à me montrer ?

Michel-Ange, sans répondre, prend une plume de la main droite, et dessine sa main gauche avec tant de facilité que l'autre reste stupéfait. Puis il passe la plume dans l'autre main, et ayant dessiné sa main droite, il dévisage son visiteur de l'air d'un bon écolier attendant d'être noté.

— Tu ne serais pas aussi sculpteur, par hasard ?

— À mes heures, répond modestement Michel-Ange. J'ai fait récemment un *Cupidon*…

Et Michel-Ange, qui mime à merveille, se met lui-même dans la pose du Cupidon, précisant seulement que la statue n'était pas plus haute que cela, ni plus épaisse que cela…

Le gentilhomme prend congé au milieu d'une phrase. Il a entendu ce qu'il voulait savoir.

L'histoire tourne à la confusion du revendeur et à la gloire du sculpteur. Le *Cupidon*, revendu en 1502 à Isabelle d'Este par César Borgia, est acheté en 1631 par Charles Ier d'Angleterre. Il disparaîtra lors de la vente des biens de la couronne. Mais, dans l'ébriété du jeu de cache-cache, le « faussaire » devient l'hôte de choix du cardinal Riario pendant au moins un an.

Voici donc Michel-Ange à Rome, comparée dans ses lettres à « un tas d'ordures » L'année précédente, le Tibre a débordé et, pendant une petite semaine, ceux qui y ont pensé à temps se sont réfugiés sur les collines. À leur retour, ils ont retrouvé une ville à l'état de pourriture, et une population décimée par la peste.

Dans les ruelles aux pavés descellés, les roues des carrioles font un tel vacarme qu'il faut hurler pour se faire entendre :

— Regarde, crie Baglioni.

À coups de masse, un groupe d'hommes dépenaillés met en pièces le mur d'un palais pour récupérer la pierre. De chaque côté de l'édifice en ruine, une échoppe puante. Un peu plus loin, un temple grec sert d'étable et de poulailler.

— N'est-ce pas le théâtre de Pompée ? articule Michel-Ange, les mains en porte-voix.

— Si. C'est devenu un camp de réfugiés.

Et Baglioni raconte le calvaire des pèlerins venus de toute l'Europe. Laissés pour morts par les maraudeurs qui les ont dépouillés, ils se traînent jusqu'aux auberges malpropres où se propagent les épidémies, échouant enfin dans une église au prix de leurs derniers ducats.

— Eh oui, Michel-Ange ! Sixte IV avait bien entrepris un travail de rénovation. Mais sous le Borgia, Rome a sombré dans un état pire que celui que décrivait l'historien Bracciolini il y a cinquante ans : « Les édifices publics et privés gisent effondrés et nus, comme les membres d'un géant. Rome est un cadavre en putréfaction. »

*

Les deux cavaliers ont atteint le Campo dei Fiori, où le marché dresse ses étals de couleur comme pour défier la misère. Les ménagères marchandent, on badine, on plaisante… Le somptueux palais du cardinal Riario se dresse un peu plus haut, près d'une petite place rebaptisée « Fiammetta » pour honorer la maîtresse du jeune César Borgia.

Michel-Ange, qui connaît le passé du cardinal Riario, n'en mène pas large : âgé de dix-huit ans, mais déjà cardinal, il était l'invité de Laurent de Médicis, il servait même la messe, ce jour de 1478 où Julien de Médicis avait été poignardé dans le Dôme. Laurent avait fait pendre les conspirateurs aux fenêtres de son palais, mais il avait réussi à garder assez de diplomatie pour fermer les yeux sur la complicité du jeune Riario. On comprend pourquoi ce dernier voue à présent aux Médicis une reconnaissance éternelle, promenant un œil de vautour sur la lettre d'introduction de ces « Popolano » dont il connaît parfaitement la filiation.

Le *Cupidon endormi* est déjà oublié. Le cardinal ne sait plus très bien pourquoi il a fait venir Michel-Ange à Rome. Son secrétaire Baglioni fait au sculpteur les honneurs de la ville : visites de l'arc de Domitien, de la Colonne Trajane, et du bronze de Marc-Aurèle.

Il lui fait choisir sur les chantiers du Transtevere un marbre de Carrare de la taille d'un homme, il lui trouve même un hangar pour y travailler… à quoi ?

Nourri et logé par Riario, mais sans même savoir s'il sera payé, Michel-Ange a compris qu'il n'est au palais qu'un vulgaire domestique à la disposition du maître. Pour tromper l'attente, il déambule dans Rome, passant du « modèle vivant » à l'étude des antiques du jardin Della Rovere *, réputé pour sa collection de marbres unique en Italie.

Un jour, encore un coup du hasard : il se trouve nez à nez avec un ami d'enfance, Balducci. Ce dernier, employé à la banque d'un certain Jacopo Galli, l'introduit dans la communauté florentine de Rome, au quartier du Ponte, groupé autour des banques florentines de la Via Canale, tout près de la Camera Apostolica, banque du Vatican. Rien à voir avec le reste de Rome. Les rues sont propres et bien entretenues, pas de linge aux fenêtres… Il a suffi de s'inspirer de la devise romaine *Senatus Populus Que Romanus*, traduite par :

* Collection personnelle de Sixte IV.

« *Sono Porci, Questi Romani* » (« Quels porcs, ces Romains ! »).

Entre les amis du Romain Leo Baglioni et ceux de Balducci (dont le banquier Rucellai, qui va bientôt lui prouver son amitié), Michel-Ange trompe l'attente. Le cardinal Riario a fini par suggérer un *Bacchus* qui reléguera, loin derrière, les antiquités païennes de son oncle.

Le projet vole en éclats : le mari de Lucrèce Borgia s'enfuit de Rome en proclamant les amours incestueuses de Lucrèce et de son frère (César Borgia), lequel veut le faire assassiner ; des pêcheurs retrouvent le corps de Juan Borgia dans le Tibre, lardé de coups de couteau. La police du pape fouille les maisons, torture, viole, on soupçonne la noblesse romaine... jusqu'à ce qu'Alexandre VI, comme tout le monde admette que son autre fils (César Borgia, encore) avait assassiné son frère parce qu'il devenait un rival.

Riario prend le deuil avec le pape, et Michel-Ange est définitivement délaissé. Ses derniers ducats, il les a donnés à son frère Lionardo le dominicain pour qu'il puisse regagner Florence. Chargé de « discipliner » le couvent de Viterbe, le moine a manqué finir comme Juan Borgia !

L'année 1497 devient insoutenable. La belle-mère de Michel-Ange, Lucrezia, tendrement aimée, meurt brutalement ; son père, criblé de dettes, est menacé de prison ; ses frères réclament de l'argent, encore et toujours. Dans une lettre à son père du 1er juillet, Michel-Ange fait état de travaux non payés par Riario. Et pourtant il conclut fièrement :

« Je vous enverrai tout ce que vous me demanderez, même si je dois pour cela me vendre comme esclave. »

*

Une fois encore, la chance sourit à Michel-Ange en la personne de l'ami Balducci, qui remue la communauté des banquiers florentins : Paolo Rucellai offre au sculpteur un prêt personnel (sans intérêt) de vingt-cinq florins, et Jacopo Galli, présenté à cette occasion, lui commande le *Bacchus* dont il était si vaguement question chez Riario. Le cardinal lui a tout de même permis d'emporter le marbre acheté sur le Transtevere. C'est dans un hangar attenant au palais de Galli qu'il le sculptera. Jacopo lui a donné une avance substantielle (dont il ne reste rien, une fois Rucellai remboursé et son père mis hors de danger). Il met une chambre à sa disposition. Il lui a promis trois cents ducats l'œuvre terminée.

Des liens d'amitié se nouent très vite entre Jacopo Galli et son hôte, qui vont permettre à Michel-Ange de prolonger de quatre ans son séjour romain.

Jacopo a été, dans sa jeunesse, membre d'une Académie conçue sur le modèle de l'Académie platonicienne de Florence. Ici, le groupe a été accusé d'hérésie. Son professeur, Giovanni Capocci, avait beau appartenir à la riche famille Sanseverino, il n'en a pas moins été torturé par l'Inquisition.

Au centre de leurs conversations, la corruption de l'Église :

— De l'or ! hurlent des animaux à tête humaine, croulant sous les tiares et les chapes rebrodées de joyaux... De l'or ! (Je parle des Borgia, Michel-Ange.) Tant pis pour l'hygiène, la malnutrition... La misère multiplie les bandes armées qui tuent, qui détroussent...

Jacopo Galli a pris des allures de prophète. Courbé vers Michel-Ange, comme Hercule sur un enfant, il darde sur son protégé ce regard clair qui poursuit l'artiste dans ses pensées. Deux questions parviennent au bord des lèvres : le dégoût peut-il alimenter son inspiration ? La haine ne va-t-elle pas salir la pureté de ce marbre si blanc dont émerge la vie ?

La nuit, Michel-Ange exorcise le mal par l'écriture :

Ici des calices on fait heaumes et glaives,
Le sang du Christ se trafique à jointées,
Croix, épines sont lances et rondelles,
Et pourtant le Christ ne perd patience...

À Rome on lui vend même la peau,
Où des vertus le chemin est barré[3].

Le jour, il dessine d'après nature (on a cru reconnaître le comte Ghinazzo, qui aurait accepté de poser, au sortir d'une beuverie où Galli lui avait glissé qu'il pourrait être immortalisé sous les traits de Dionysos) un homme encore jeune, le ventre proéminent, le muscle avachi, sans volonté devant la coupe qu'il élève d'une main, l'autre tenant une peau de tigre à laquelle s'appuie un petit satyre rayonnant de la joie de déguster du raisin. Entre les sabots de chèvre du faune pend la tête du félin, évoquant l'avenir de *Bacchus* : le vide.

Condivi, dans sa *Vie de Michel-Ange*, souligne à propos du *Bacchus* l'art de copier les antiques, et la fidélité aux textes anciens qui décrivaient la divinité païenne « la face joyeuse, les yeux rouges et lascifs »... le dieu des ivrognes !

Vasari, lui, remarque l'androgynie du personnage : « Dans cette figure, Michel-Ange a cherché à rendre une certaine union des deux sexes, en lui donnant la sveltesse d'un jeune homme et la rondeur charnue des formes de la femme », qui laisse deviner l'homosexualité du sculpteur, et bientôt sa pédophilie sublimée *, très claire dans l'œuvre à venir.

Grandeur nature, le *Bacchus* laisse interdit : il va bien plus loin que l'imitation des antiques ! À vingt et un ans, Michel-Ange excelle déjà à faire sourdre la vie de la pierre. Une vie asservie, dans le personnage représenté, aux bas instincts, et qui suit le mauvais cheval (le corps) de l'attelage platonicien au lieu du bon cheval symbolisant l'esprit. *Bacchus*, c'est la démesure (l'*hybris* de la Grèce antique) qui bafoue l'âme. En tournant autour de la statue, comme nous y invite son inclinaison, on se souvient du *Banquet* de Platon, et l'on imagine

* Un voile pudique empêchera les biographes d'aborder le sujet avant ces dernières années, mais Michel-Ange ayant détruit une grande partie de sa correspondance et de ses poèmes, on en est réduit aux supputations.

les discussions de l'Académie platonicienne à propos du « tombeau de l'âme » et de la « prison du corps ». La question soulève un paradoxe : d'une part l'âme doit se délivrer du corps pour accéder à la pureté des Idées (vérité idéale, au-delà du monde sensible), mais la célébration de la beauté des corps est l'étape obligée de cette ascension.

Fasciné par les beaux corps, condamné à montrer ce qui révèle et sépare à jamais de l'esprit, Michel-Ange vit son art comme une malédiction qui frôle le délire de persécution. Il se croit maudit, et il se punit lui-même.

Ses lettres de jeunesse à son père font état chez ce dernier d'une terreur permanente : « Ne vous tourmentez pas, écrit Michel-Ange, cela me fait de la peine que vous viviez dans une telle angoisse », « Ne vous effrayez pas... »

En 1521, il lui faudra bien admettre que Lodovico souffre d'un délire de persécution : « Très cher père, j'ai été bien surpris hier de ne pas vous trouver à la maison ; (...) Comment pouvez-vous aller répéter partout que je vous ai chassé ? »

Cette psychose n'est-elle pas héréditaire ? « Je n'ai pas un sou, je suis nu... Je vis dans la misère... Je lutte avec la misère », répète Michel-Ange qui semble croire ce qu'il dit alors qu'il n'est pas plus pauvre que le sera Giuseppe Verdi. Il achète de la terre, comme lui, et à sa mort laissera six maisons et sept domaines... Avarice ? Non. Il donne sans compter : à son père et à ses frères qui l'exploitent de façon éhontée ; à son domestique Urbino, à son neveu Lionardo...

Jusqu'au bout, Michel-Ange se privera du nécessaire comme s'il s'infligeait un juste châtiment. Une attitude à rapprocher de celle de l'artiste qui acceptera une charge de commandes inhumaine, travaillant jour et nuit, semblant se damner lui-même à l'aune de l'absolu. Romain Rolland a été jusqu'à assimiler cette activité dévorante à la manie aiguë qui éviterait la dépression fatale. À l'appui de la thèse d'une paranoïa latente, la fameuse formule figurant dans une lettre, datée de 1515, et dans laquelle il énonce à son jeune frère Buonarroto : « N'ayez confiance en personne, dormez les yeux ouverts. »

Voici un champ d'investigation intéressant, mais tout de même réducteur, puisqu'il tendrait à faire du génie un fou, pas que franchit sans états d'âme le père de Michel-Ange : « Avant tout, soigne ta tête... », écrit-il à son fils, en décembre 1500. Le sentiment d'incomplétude, dont ne délivre que le travail, semble autrement existentiel chez Michel-Ange ! Il anticipe, pour l'homme que guérira seulement la foi éblouie des dernières années, le désespoir de l'*Albatros* baudelairien ou le suicide d'un Nicolas de Staël ou d'un Rothko.

*

Venons-en à la *Pietà* de Saint-Pierre, qui va permettre à Michel-Ange d'accéder à une notoriété comparable à celle de Léonard de Vinci :

Un jour, Jacopo Galli présente Michel-Ange à son ami Jean de la Groslaye de Villiers, cardinal de

Saint-Denis. Ce dernier veut laisser de ses fonctions d'ambassadeur de la France auprès du Vatican un témoignage pour la postérité dans la chapelle des rois de France de la basilique Saint-Pierre. Dès la fin de l'année 1497, il écrit à Michel-Ange, lui demandant de se procurer du marbre à Carrare, en vue de l'exécution d'une pietà. Le contrat du 27 août 1498, cosigné par Jacopo Galli et un sculpteur tout juste âgé de vingt-trois ans, définit avec précision ladite pietà. La description évoque, nous l'avons souligné, un traitement du thème fréquent dans la sculpture nordique, mais pratiquement inusité en Italie, sinon en peinture.

C'est dans un logement sans confort de la Via Sistina, secondé pour les tâches ménagères par un jeune apprenti de treize ans, aussi laid que malin, qui a eu le courage de venir depuis Florence à pied pour rencontrer le « maestro », que Michel-Ange va trouver la solitude nécessaire. Les modèles se succèdent. Pour Michel-Ange, Marie ne peut être que jeune. Il conçoit qu'un homme âgé puisse être beau, mais pas une femme. Or, pour les néoplatoniciens, pas de noblesse d'âme sans beauté physique...

Marie paraîtra donc moins de vingt ans. Son fils est trentenaire et solidement charpenté. Pour le porter, elle doit donc disposer... de la force qu'il a perdue sur la croix, ce qui est proprement impensable : le couple androgyne de la *Pietà*, comme une aurore du monde, est une véritable provocation aux théologiens. Heureusement, le cardinal de la

Groslaye mourra en août 1499, quelques mois avant l'achèvement de la sculpture.

Août 1499 : c'est l'échéance prévue par le contrat. Pour la respecter, Michel-Ange a travaillé quelque vingt heures par jour, coiffé la nuit du chapeau de papier qu'il a inventé : une sorte de casquette assez solide pour porter une chandelle solidement maintenue par du fil de fer. Pendant des semaines, il a poli le marbre à la pierre ponce, usant de toute son énergie comme s'il devenait la pierre.

Il faut imaginer la statue, entourée de couvertures comme un coffre-fort, portée à bras d'homme le long des trente-cinq marches qui conduisent à l'entrée de la basilique. Il faut imaginer le groupe des imposants tailleurs de pierre démaillotant tendrement une femme plus vraie, plus belle que nature, un homme à leur ressemblance endormi dans ses bras, dont les stigmates sont à peine perceptibles...

De toute l'Italie, on vient admirer le groupe, sculpté dans une pyramide de marbre blanc. On s'étonne qu'il n'exprime ni la douleur insoutenable des deux *Pietà* de Botticelli *, ni le calme, ni le paisible repos de la *Pietà* du Pérugin **. La peinture des plus grands n'atteint pas la présence que lui a donnée Michel-Ange. Le coulé du corps du Christ, son abandon dans les bras de sa mère, la précision anatomique jointe à une sorte de mou-

* Alte Pinakothek de Munich ; Poldi Pezzoli de Milan.
** Musée des Offices de Florence.

vement immobile, évoquent la chair et non la pierre.

Dans ce groupe, Michel-Ange a cependant subi des influences. Celle de la première Renaissance (Quattrocento) ; pour le rôle primordial donné à la beauté. Celle de Della Quercia pour l'importance accordée aux drapés. Celle de Léonard de Vinci pour la relation entre personnages, à comprendre comme un langage à décrypter : l'épaisseur du drapé sur les genoux de la Vierge apparaissant tel un autel. C'est l'énigme de la vie nouée à la mort, celui de l'Incréé offert à l'homme comme une création dans le Chant XXXIII du *Paradis* de Dante :

ô Vierge mère, fille de ton fils,
humble et plus haute que créature,
terme arrêté d'un éternel conseil,
ô toi que notre humble nature
a tant anobli que son créateur
daigna se faire sa créature [4].

Pour figurer l'impensable, Michel-Ange s'est appuyé sur une incompatibilité logique : debout, la Vierge dépasserait les deux mètres ; le Christ est nettement plus petit. Or, leurs deux têtes sont de mêmes dimensions. Devant cette femme imposante dont les traits délicats sont dénués de l'épouvante des *Pietà* nordiques (sculptées essentiellement sur les tombeaux), Michel-Ange aurait eu le sentiment, pour une fois, d'avoir atteint à l'éternelle pureté. À son ami Vasari il confie « (...) si quelques imbéciles disent encore (...) la Vierge trop jeune de figure, ils ne savent pas ou ne s'aperçoivent pas que les personnes vierges conservent longtemps la fraîcheur de leur visage, et que le contraire arrive à ceux qui ont eu de grandes douleurs, comme c'est arrivé au Christ. »

Placée au-dessus de la tombe du cardinal, dans la chapelle des rois de France, la *Pietà* va en être délogée par la démolition de l'ancienne basilique. Elle se trouve, aujourd'hui encore, dans la nouvelle église Saint-Pierre, conçue par Michel-Ange. Sur le ruban placé en travers du drapé sur la poitrine de Marie, on peut lire : AGĒLUS . BONAROTUS . FLORENTIN . FACIEBAT (« Michel-Ange Buonarroti a fait cela », pour traduire en langage clair l'expression latine approximative, et manifestement tracée à la hâte).

Pourquoi Michel-Ange a-t-il gravé son nom sur la statue, ce qu'il ne fera plus jamais ensuite ? Il ne l'avait pas signée lors de son installation. Mais, un après-midi où il se promène dans Saint-Pierre, il voit une famille de Lombards s'arrêter devant la *Pietà*. Le père dit, très fort :

— Regardez ! C'est l'œuvre de notre « Bossu » de Milan * !

La nuit, Michel-Ange se glisse dans Saint-Pierre. Il a emporté son chapeau de papier et une chandelle. La colère donnant des ailes à son ciseau, il va sculpter son nom sur la ceinture qui serre les seins de la Vierge.

La Cène de Léonard de Vinci… la *Pietà* de

* Le sculpteur milanais Cristoforo Solari.

Michel-Ange : deux œuvres qui constituent un moment essentiel de l'histoire de l'art. Par le traitement nouveau du thème, mais aussi par la puissance d'évocation de l'âme, elles incarnent la fin de la première époque de la Renaissance en Italie (l'imitation de la nature) et le début du Cinquecento appelé « Renaissance classique ».

La « lumière sur la place »

Au printemps 1501, Michel-Ange regagne Florence, la ville où il croit retrouver cette « lumière sur la place » qui figure à ses yeux la liberté, les racines qui font monter la sève de l'inspiration, et un bonheur auquel il aspire, mais qu'il n'atteindra jamais.

La place de la Seigneurie a bien changé. La statue de *Judith et Holopherne* dresse sa masse noire comme une injure au ciel éblouissant qui fait courir des reflets d'un bleu léger sur la *pietra serena* (pierre contenant du mica et du quartz, dont sont faits la plupart des palais de Florence). Dans la cour du palais, le *David* de Donatello, volé aux Médicis, semble avili, réduit à un trophée comme ceux qu'on donnait autrefois à l'issue des tournois ou des combats sordides où des cerfs étaient livrés à des lions furieux pour amuser la populace... C'est aux fenêtres qui étincellent de tous les ors que les Pazzi ont été pendus devant la foule déchaînée quand Michel-Ange avait trois ans ; c'est sur la place que Savonarole a subi le plus infamant supplice...

Quand il pense à Savonarole, Michel-Ange se rembrunit. C'est seulement en sculptant son *David* (il en sera question plus loin) qu'il pourra endurer l'évocation de la fin atroce du prieur de Saint-Marc.

Le plus terrible, c'est qu'il habite à deux pas de la place qu'il aimait tant, dans le luxueux appartement que son père s'est acheté avec les sommes qu'il lui a envoyées de Rome. Le dégoût, aujourd'hui, empoisonne ses jours et ses nuits. Et s'il se cherchait un logement du côté de la Badia, dans le quartier des artisans ?

La récente allergie au quartier de la Seigneurie se double d'un malaise familial : son père et ses frères réclament encore son assistance financière. « Je suis heureux de savoir que tu te couvres de gloire, lui écrivait tout récemment Lodovico, mais je le serais plus encore si celle-ci s'accompagnait de quelque profit. » La « lumière sur la place », Michel-Ange l'a compris, sera désormais inséparable de la solitude.

De la placette qu'il a choisie, Michel-Ange peut admirer le campanile de la Badia. Un cordonnier vient justement de libérer son échoppe, un atelier vide et bien exposé. Il le loue, fait revenir Argiento, son adorable apprenti de Rome. Scies, marteaux, rabots : le bruit, sur la petite place, est assourdissant. La forte odeur des tanneries se mêle à celle des copeaux de bois et des teintures. Les rouges, les verts, les bleus éclatent comme sur une palette vivante au chaud soleil de juin : Michel-Ange s'est choisi une nouvelle « place », il va pouvoir travailler.

À Rome, la politique versatile du pape

Alexandre VI Borgia ne laissait aucun espoir de mécénat. À Florence, heureusement, les amis font espérer une commande importante : il s'agit du fameux « bloc de Duccio », qui est toujours dans le chantier du Dôme, endommagé par le malheureux sculpteur Duccio, devenu un mythe pour les Florentins.

Piero Soderini, élu *gonfaloniere* de la ville à la chute des Médicis, a eu souvent l'intention de faire remettre ce marbre à Léonard de Vinci. Mais, pour l'instant, la majorité du Conseil penche pour un certain Andrea Contucci dal Monte Sansovino, excellent sculpteur, qui trouve tout de même bien difficile d'en tirer quoi que ce soit sans y rajouter des morceaux.

Le bloc attend depuis trente ans dans la cour de la cathédrale. Il a plus de cinq mètres de haut, il est d'un marbre de Carrare d'un blanc parfait, mais il est percé entre les jambes, et, pour reprendre l'expression de Vasari, « tout contorsionné et tout estropié ». Michel-Ange, apprenant que Léonard de Vinci a refusé de concourir pour l'attribution du bloc sous prétexte que la sculpture est « un art mineur », se fait fort de le travailler sans ajout.

Sa renommée est telle depuis la *Pietà* que le Conseil des travaux du Dôme (commission chargée des travaux de la cathédrale) et la Guilde de la Laine * lui attribuent la remise en forme du géant.

* Association des tisserands. L'industrie textile est un apport financier essentiel pour la république de Florence.

À cette occasion, Michel-Ange rencontre le *gonfaloniere*, un homme intègre, raconte-t-il, mais « pointu, crochu et olivâtre » ; de quoi se trouver lui-même un Apollon. Le contrat lui garantit une mensualité substantielle (six florins). Le 13 septembre 1501, dans un hangar aménagé dans les chantiers du Dôme Michel-Ange, apaisé pour une fois à tous points de vue, entreprend la statue du jeune *David*.

Le *David* représente la suite symbolique du groupe de Donatello : Judith incarnait la lutte sanglante contre la tyrannie, David représente le courage et la force calme, autrement dit la vertu civique. David avait défendu son peuple et l'avait gouverné avec équité, on attendait du gouvernement de Florence le même courage et la même probité.

On a pu voir la source probable du *David* dans *La Force* (1260) de Nicola Pisano, petite statue d'Hercule soutenant un angle de la chaire du baptistère de Pise. Mais Michel-Ange a traité le thème d'Hercule indépendamment de toute allusion théologique. Sa monumentalité, sa spiritualité permettent de parler, comme pour la *Pietà* de Rome, de renouvellement radical d'un thème ancien. Aucune parenté avec les *David* de Donatello (1450) ou de Verrocchio (v. 1474- 1475), meurtriers du Goliath biblique fièrement campés sur l'épée de la victoire. Le *David* de Michel-Ange personnifie l'énergie, la puissance de concentration, la vigilance. Le visage de bel Apollon est tourné du côté où il pressent le danger. La main gauche, comme offerte, porte la fronde ; le poing droit contre la cuisse reprend la représentation du pôle actif et invulnérable du Moyen Âge.

*

Foi, espoir, courage : *David* parle clairement à la cité dont Michel-Ange a entendu raconter les épreuves par ses amis de la communauté florentine de Rome. Pour sculpter son allégorie de la liberté, le sculpteur a dû endurer l'insupportable. L'histoire commence comme une kermesse de fous :

L'année suivant son départ, en 1494 les *Popolani* (« pleurnicheurs »), majoritaires au Grand Conseil, manipulés par Savonarole, ont couronné le Christ roi de Florence. Des escouades de jeunes gens, voire d'enfants, armés de piques, sont chargées de la moralité publique. Le carnaval d'avant-carême est transformé en fête religieuse, où a lieu, en 1497, le premier « bûcher des vanités ». Sur la place de la Seigneurie, les miliciens du Christ entassent tous les objets symbolisant le plaisir : des jeux, des images prétendument licencieuses, le *Décaméron*... On voit Botticelli jeter dans le feu des tableaux, et le peintre Baccio Della Porta se faire dominicain sous le nom de Fra Bartolomeo (nous lui devons le saisissant portrait de Savonarole qui figure aujourd'hui encore dans sa cellule de Saint-Marc).

Contre ces excès, l'opposition a pris corps : partisans des Médicis, et même opposants nobles (comme les Pazzi). On les surnomme *Arrabbiati* (« chiens enragés »). Ils ont trouvé dans le sinistre

Alexandre VI Borgia un allié. Agacé d'être continuellement présenté comme l'Antéchrist par le prieur de Saint-Marc, le pape invite Savonarole à un « entretien » à Rome. Le moine refuse. C'est l'escalade : excommunication mutuelle, interdiction de prêcher * ; second « bûcher des vanités » ; menace du Vatican d'excommunier Florence ; renversement de la Seigneurie favorable à Savonarole et élection d'un nouveau Conseil ; arrestation du dominicain et de ses deux proches collaborateurs par une bande d'*Arrabbiati*.

Une commission nommée par le Conseil est chargée de lui faire avouer que ses prophéties ne sont pas d'inspiration divine. Savonarole refuse. Il est mis à la torture : chevalet et poulie. Par trois fois, il refuse de signer des aveux. Il acceptera au bout de quarante jours, « à demi mort, mais pas encore assez », murmurait Jacopo Galli à l'oreille de son Michel-Ange horrifié !

Le moine sera finalement condamné à être pendu et brûlé en place publique. Le même jour, Alexandre VI signe un accord avec la Toscane : il lui paiera l'impôt de trois pour cent sur les biens de l'Église.

Le 23 mai 1498, Savonarole et ses deux plus proches collaborateurs, frère Domenico et frère Silvestro, sont conduits place de la Seigneurie. « À l'emplacement exact du bûcher des vanités », précisait Jacopo.

* Savonarole célèbre trois messes ; il écrit aux chefs d'État et aux hommes d'Église de toute l'Europe, leur demandant de convoquer d'urgence un concile pour juger les Borgia. Un espion du pape rapporte une copie de la lettre à Alexandre VI.

— Imagine, Michel-Ange : on leur a arraché leurs robes de moine, on leur a passé une corde et une chaîne au cou * !

Michel-Ange imagine : trois corps se balancent dans les flammes, de jeunes *Arrabbiati* leur lancent des pierres.

— On m'a rapporté que le bourreau, absorbé par ses pantomimes grotesques applaudies à grands cris par la foule amassée sur la place, avait tardé à allumer le bûcher. Savonarole était donc bel et bien mort quand les flammes ont léché son bras droit... Imagine, Michel-Ange, mais imagine ! Le bras du mort s'élève lentement, la main s'ouvre, et de deux doigts bénit la foule.

— Tais-toi, Jacopo !

— Non, Michel-Ange. L'histoire du dominicain, c'est celle de Florence : le sens du péché inséparable du goût de la profanation ; l'amour de la fête indissociable de celui du sang. Savonarole avait déjà tout annoncé : « Ils s'empareront des justes et les brûleront au centre de la cité ; et ce que le feu ne consumera point, et ce que le vent n'emportera point, ils le précipiteront dans la rivière. »

La fin de Savonarole est un cauchemar, sans cesse répété, dont Michel-Ange s'éveille la gorge sèche, incapable d'articuler un cri. Le Grand Conseil a survécu aux événements. Mais la menace qu'a fait peser César Borgia en 1502 a été un avertissement salutaire : il a fallu acheter les faveurs de César (trente-six florins par an pendant trois ans, sa

* Les faits sont attestés par une gravure d'époque montrant le supplice.

« solde de capitaine des armées florentines »), ce qui ne l'a pas empêché de camper aux portes de la ville, après le soulèvement d'Arezzo contre l'oppresseur florentin. Qui a oublié les échelles tachetées de noir par les sentinelles en faction près des murailles ? Pendant des semaines il a fallu surveiller l'ennemi !

La situation était grave, et la pesanteur de l'appareil démocratique telle qu'il a été nécessaire d'élire au plus vite un exécutif, en la personne du gonfalonier Piero Soderini, chef d'une famille puissante.

— Un homme politique exemplaire, ce Soderini, pense Michel-Ange : avoir choisi comme conseiller et envoyé diplomatique un Machiavel... L'aide de Louis XII * a été essentielle... Mais sans Machiavel, César Borgia aurait-il tourné les talons... Contre un paquet de ducats tout de même !

*

Le sculpteur s'interroge. Comment la Guilde de la Laine, occupée à fournir la fortune exigée par César, réussit-elle encore à honorer les arts ? Et il n'est pas le seul artiste qu'elle protège ! Quant à l'invasion française de Milan, en 1499, elle a ramené à Florence son pire rival : Léonard de Vinci...

Michel-Ange a été profondément impressionné par le visage de Machiavel, l'auteur du *Prince*, rencontré à la Seigneurie : des traits d'une finesse presque féminine, comme pétris de lumière et

* La France est l'alliée de Florence.

d'ombre, des yeux d'un noir impénétrable figés sur un sourire qui ne desserrait pas les lèvres minces.

— La même famille de visages que César Borgia, a conclu le jeune artiste.

On lui a rapporté que Machiavel est secrétaire obscur, mais très écouté au Grand Conseil. Secrètement fasciné par César Borgia *, dont il partage l'idée de constituer une seule armée pour toute l'Italie, il aurait eu avec lui de nombreux entretiens amicaux. Après tout, Florence est une ville pro-française, et César a besoin des Français.

César Borgia et Léonard de Vinci sont indissociables dans l'esprit de Michel-Ange. Pendant trois ans, le Florentin Léonard, laissant sa *Monna Lisa* inachevée et ne s'encombrant pas d'états d'âme, a sauté sur l'occasion pour expérimenter ses nouvelles machines de guerre. Pendant trois ans, il a été l'ingénieur militaire de César Borgia, dont le cynisme dans la conduite des armées pontificales est légendaire. Pour preuve de son absolue bonté, César n'a-t-il pas demandé de sa voix la plus douce un couteau de boucher afin de couper en deux morceaux, en place publique, son ministre Rémi d'Orque, coupable seulement d'avoir suivi son ordre de mettre la Romagne à feu et à sang ** ?

* Il l'a pris comme modèle de son *Prince*.

** Les faits sont attestés par Machiavel dans le chapitre VII du *Prince*. L'auteur conclut : « La férocité de ce spectacle fit demeurer tout le peuple à la fois content et stupéfait. » On comprend que César Borgia n'ait pas eu la longue vie qui lui eût permis de réaliser son rêve : la constitution d'un « Royaume des Borgia ». Haï de tous, et réfugié à la cour de Navarre sous le règne de Jules II, il mourra simple soldat, dans la plus navrante des escarmouches.

Pour Michel-Ange, Léonard de Vinci est un opportuniste, voire un traître *. Pourtant il s'enorgueillit de le compter au nombre des artistes qui, le 25 janvier 1504, se réunissent dans la cathédrale pour choisir l'emplacement du *David*, enfin terminé. Outre Léonard, l'assemblée des peintres comprend Botticelli, Andrea della Robbia, David Ghirlandaio, le Pérugin, Filippo Lippi, et l'ami d'enfance de Michel-Ange, Francesco Granacci. Il faut y ajouter les sculpteurs Rustici, Sansovino et Betto Buglioni, les architectes Simone Del Pollaiuolo et Giuliano et Antonio de Sangallo, mais aussi des charpentiers, des brodeurs, des enlumineurs… et jusqu'au fondeur de canons Ghiberti.

Toujours mécontent de lui-même, le sculpteur est bien obligé d'admettre la valeur que représente *David* aux yeux des Florentins. En lui racontant la réunion, son ami Granacci en avait les larmes aux yeux :

— C'était à qui parlerait le plus fort, de sorte qu'on n'entendait plus personne. On a dû élire, à main levée, des sous-comités, tu connais les Florentins… et le vote final a rejoint ton propre choix, Michel-Ange : le *David* remplacera, à l'entrée du palais de la Seigneurie, le *Judith et Holopherne* de Donatello.

On préfère Michel-Ange à Donatello ! Et la consécration est encore insuffisante ! Le « divin » artiste va de surprise en surprise : c'est à qui se dis-

* Le jugement est un peu hâtif : Léonard ne déclare-t-il pas dans ses *Carnets* qu'il a refusé de divulguer toute découverte pouvant servir à des fins de guerre ?

putera l'honneur de concevoir des solutions pour acheminer sans dommage sur la place la plus grande statue jamais vue. L'architecte Giuliano de Sangallo soutient l'idée d'une sorte de cage ; son frère Antonio esquisse dans l'air de grands gestes de bras, on tend l'oreille : c'est d'un énorme filet qu'il s'agit, un filet mouvant suspendu dans la cage pour maintenir le géant debout tout en amortissant les chocs.

On crie, on éclate de rire, on s'envoie des bourrades comme dans une cour d'école.

— Où est Léonard ?

Aussitôt la séance levée, Léonard de Vinci s'est poliment esquivé : le « voyage » du *David* n'est pas inintéressant, mais ce déferlement de passions est peu compatible avec sa nature délicate. Dans ses *Carnets*, il consigne seulement cette expression énigmatique placée entre deux points : « La chaîne de Michel-Ange. », comme l'une des choses à penser, ou à faire, dont la liste, ponctuée de respirations, n'est pas sans évoquer l'*Inventaire* de Jacques Prévert.

Les charpentiers vont mettre près de quatre mois à confectionner la cage sous la direction des frères Sangallo. Le comité est là au grand complet ce matin de mai où l'on abat le mur du hangar. Enveloppé dans ses filets, le *David* va être hissé à l'aide d'énormes treuils à l'intérieur de l'habitacle. On ne se demande plus où est Léonard. Michel-Ange se souvient de sa remarque il y a trois mois. Sans se départir du léger sourire qui l'agace tant, Vinci a eu cette formule définitive : « La sculpture qui a pour elle la durée, n'excelle en rien d'autre. »

Il faudra quatre jours, et quarante hommes, pour acheminer l'immense cage des chantiers du Dôme à la place de la Seigneurie. Quatorze rouleaux de bois sont utilisés pour l'opération. Dès qu'un rouleau se libère, on se précipite pour le porter en avant sur la ruelle qu'on a passé des semaines à aplanir.

La deuxième nuit du transport, des inconnus ont voulu détériorer le marbre en lui jetant des pierres. Des partisans des Médicis ? Des puritains qui trouvent répugnant qu'on choisisse un nu comme centre vital de la cité ? On se relaie chaque soir pour faire le guet autour du colosse. Il ne sera dévoilé que le 8 septembre. Tout Florence acclame Michel-Ange, reconnu comme le plus grand sculpteur italien.

Par son extraordinaire puissance, par le rayonnement de sa détermination, *David* incarne aux yeux des Florentins la *terribilità* qu'on prête par la même occasion à son sculpteur. Allégorie civique, le colosse est d'inspiration grecque, et non plus hébraïque. Homme dans la force de l'âge, il est « plus qu'homme » par l'indicible qui s'en dégage : il est l'homme « idéal », ou, pour reprendre les termes platoniciens, la pure « Idée » de l'homme.

Cette alliance du visible et de l'invisible qui fait le génie de Michel-Ange suppose un retour précis sur la philosophie platonicienne qui sera sienne jusqu'au bout. Pour Platon, la réalité sensible provient d'un pur intelligible dont nous avons gardé confusément le souvenir. La vie consiste à retrouver cette « Idée » à travers le Beau, le Bien et le Vrai. Les trois étapes sont à franchir dans cet ordre : trois étapes dont le catalyseur est l'amour, à rapprocher de l'étymologie d'« âme » (ce qui meut). On comprend mieux l'admiration des Laurentiens pour la statuaire antique : le beau corps doit éveiller non à la sensualité, mais à l'appel de l'au-delà.

L'épithète de « Divin » flatte à coup sûr Michel-Ange. Mais il reste conscient du long voyage initiatique qui lui est imparti, et dont il gardera toujours la conviction qu'il n'est pas à la hauteur : « Il avait une imagination telle et si parfaite, note Vasari, et les choses qu'il avait en idée étaient telles que, ne pouvant rendre avec ses mains de si grandes et de si terribles conceptions, souvent il a abandonné des œuvres commencées, et il en a brisé quantité d'autres. » Et Condivi remarque en écho : « Il s'est peu contenté de ses œuvres, et toujours il les a rabaissées. »

*

De la sculpture du *David*, on peut induire de quelle façon travaille le sculpteur. Aucun outil utilisé à la Renaissance pour la taille du marbre n'a malheureusement été conservé, mais il semblerait, d'après les *Lettres*, qu'ils étaient pratiquement les mêmes que les nôtres : la « masse » (sorte de marteau) permettait de dégrossir le bloc, encore affiné par des « pointes » qui grêlaient la pierre comme une peau malade ; la « gradine », utilisée ensuite pour sculpter les détails, avait une pointe en dents de scie très affûtée ; on procédait ensuite au « ciseau », qui ressemblait à une spatule métallique ; enfin, le polissage était réalisé avec des « râpes », sortes de couteaux à deux lames.

Michel-Ange accorde une priorité absolue au dessin, à ce sujet les témoignages abondent, et sa maîtrise du dessin à la craie et à la plume est confondante. Pourtant il a détruit avant sa mort tous les croquis d'études en sa possession, parce qu'il les jugeait imparfaits : « La peinture et la sculpture m'ont mené à la ruine, déplore-t-il dans une de ses dernières lettres (...). » Nous ne possédons que les dessins considérés comme aboutis, tels *La Chute de Phaéton*, exécuté pour son ami (et amant ?) Tommaso dei Cavalieri *, ou l'*Esquisse pour le David de bronze et autres figures*, contemporain du *David* de marbre. De tels croquis nous aident à mieux suivre l'incarnation d'un projet qui sera toujours de traduire le mouvement à travers l'immobilité.

Fait généralement d'après modèle vivant, un dessin est rarement l'expression d'un projet unique. Pour reprendre le dernier exemple, l'*Esquisse pour le David de bronze* voisine avec un bras du *David* de marbre, et un vers de Michel-Ange (*Davide colla fronba io coll'arca* : « David avec la fronde et moi avec l'arc ») coiffé d'une citation de Pétrarque (« La

* Héritier d'une famille patricienne de Rome, qui devient l'apprenti de Michel-Ange en 1533. On a longtemps prétendu que les poèmes à Cavalieri étaient dédiés à une femme.

haute colonne est brisée, et desséchée la verdure »). Pour emprunter un mot du vocabulaire de l'art contemporain, Michel-Ange, proche en cela de son ennemi Léonard, accomplit là un parcours qu'il nous reste à lire *, il dissémine sur la page les différentes strates d'un sens (dont on peut supposer qu'il est ici à la fois érotique et spirituel).

Après avoir réuni une quantité de croquis (en tournant autour d'une statue, répète-t-il, on a quarante points de vue), Michel-Ange exécute ensuite une maquette en argile à l'échelle, dont les mesures et les volumes sont reportés sur le bloc de marbre à l'aide d'un « définisseur », disque gradué posé comme un chapeau sur la tête de la maquette. À une réglette pivotant sur le disque sont suspendus des fils à plomb qui peuvent glisser, permettant de mesurer les angles, les distances, les épaisseurs, comme sur un graphique. Un « second définisseur » placé sur le sommet du bloc de marbre permet d'y reporter les mesures.

Seulement alors, Michel-Ange attaque le marbre, marquant les saillies du personnage (dans le cas du *David*, le pied gauche, le genou gauche, le poignet droit, l'épaule gauche...) à l'aide de clous fichés dans le bloc. Il dégage ensuite des lignes de force (par exemple du genou gauche au torse, puis au ventre). Combien de fois l'a-t-il écrit : c'est le

* *La Vierge aux Rochers* de Léonard ou *Le Jugement dernier* de Michel-Ange n'ont rien à envier aux parcours fléchés d'un Paul Klee, au XXe siècle. On pourrait également établir une correspondance entre les dessins de Vinci, accompagnés d'étranges commentaires écrits à l'envers (même si l'on recourt au miroir, le sens nous échappe), et l'association énigmatique du dessin et du mot dans les *Lettres* ou les *Esquisses* de Michel-Ange.

marbre qui anime son ciseau, comme s'il animait le corps qui en est prisonnier :

— Il fait voler plus d'éclats en un quart d'heure que trois tailleurs de pierre en une heure ! s'exclame un témoin.

Le sculpteur travaille déjà dans la fièvre, acceptant une trop grande quantité de commandes sans aucune évaluation de temps ou de force. « Sa dévorante énergie, dit Condivi, le sépara presque entièrement de toute société humaine. »

Le temps et le marbre

Comme Léonard de Vinci, Michel-Ange veut être tout : ingénieur, dessinateur, peintre, sculpteur, tailleur de pierre. Il chassera à coups de poing les apprentis de la Sixtine, il veut tout faire seul. Pas plus qu'il n'a de temps à s'accorder à lui-même, il n'a de temps pour les autres. C'est un cercle vicieux : Michel-Ange endure le surmenage qu'il s'inflige comme une damnation, et il en souffre, transportant avec lui cette tristesse que les autres fuient.

Il n'est pas beau. S'il affichait les vêtements somptueux et l'indifférence moqueuse qui sont peut-être, chez Léonard, une parade *, on crierait au bouffon. Le seul artiste de Florence qui puisse rivaliser avec sa solitude et ses vingt heures de travail par jour lui est étranger : pas seulement en raison du détachement absolu de Vinci et d'un scepticisme qui le conduit à fréquenter un César

* Vinci voulait-il faire oublier par son élégance et la noblesse de son maintien qu'il était le fils naturel de la fille d'un aubergiste de Vinci ? À un Condivi quelque peu surpris, Michel-Ange confie en conclusion : « L'art devrait être exercé par des nobles, et non par des plébéiens. »

Borgia ; mais parce que le peintre de *Monna Lisa*, qui est aussi l'inventeur d'étranges machines volantes, ose être seul avec lui-même jusque dans ses plus sombres fantaisies.

Michel-Ange se fuit lui-même. Il ne cesse de l'écrire. La création est pour lui à la fois un bonheur et un enfer, une rédemption et la preuve insupportable de son imperfection. Au regard de son œuvre, il est « de trop ». Sa vie, anticipant sur l'expression de Cioran presque un demi-millénaire plus tôt, est « un long processus de décomposition » : à travers chaque statue, à travers chaque fresque, faute d'être le Dieu auquel il ne cessera de croire, il meurt un peu plus chaque jour.

Le souci de tenir des engagements qui hypothèquent chaque fois plusieurs années de sa vie empoisonne les pensées de l'artiste, mais il ne peut s'en délivrer que par l'excitation d'un travail forcené. Lui qui ne se tolère pas, reconduit constamment une situation intolérable.

De même en amour. Parce qu'il se sent indigne d'être aimé *, il ne le sera pas. Peut-on appeler amour son amitié « en Dieu » avec Vittoria Colonna, à soixante ans passés ?

L'Église de la Renaissance considère l'homosexualité de façon ambiguë : tolérance nouvelle ** rapidement freinée par un puritanisme issu de Luther. Michel-Ange, à travers les dessins, lettres, poèmes, détruits avant sa mort, a pu vouloir, entre

* « Mon cher seigneur, ne t'irrite pas de mon amour... », écrit-il à Tommaso dei Cavalieri.

** La redécouverte des antiques et de l'amour des garçons chez Platon.

autres, effacer les traces d'une homosexualité bien plus réelle qu'il ne le laisse croire, et qu'on pourrait s'amuser à décrypter dans l'interprétation biblique que nous propose la Sixtine. Mais, eût-il assumé son attirance pour les jeunes gens, a-t-il jamais eu le temps d'expérimenter la durée nécessaire qu'il faut consacrer à une véritable liaison ?

La surenchère de commandes acceptées par Michel-Ange suit une véritable logique de « drogué » : juste avant le *David*, il accepte une commande du cardinal Piccolimini pour quinze statues destinées à la cathédrale de Sienne (il n'en livre que quatre, laissant les autres à des assistants) ; pendant l'ouvrage, il sculpte un *David* en bronze par lequel le maréchal français Pierre de Rohan veut concurrencer le *David* de Donatello (l'œuvre a été perdue) ; il taille dans le marbre une *Vierge à l'enfant*, dite *Madone de Bruges*, qui influencera le jeune Raphaël ; il exécute trois versions du *tondo* florentin (médaillon immense représentant la Vierge à l'enfant), appelées du nom de leurs commanditaires. Goût du défi ? Peur du vide ?

Deux *tondi*, inachevés en raison du départ pour Rome en 1505, sont des hauts-reliefs de marbre : le *Tondo Taddei*, inspiré par le carton de *La Vierge à l'enfant avec sainte Anne* de Léonard de Vinci, exposé à Florence en 1501 ; le *Tondo Pitti*.

Le troisième *tondo* ou *Tondo Doni* (1503) mérite une attention particulière. C'est la seule œuvre peinte datable de Michel-Ange avant les fresques de la chapelle Sixtine. Son groupe central semble sculpté. Par son contour précis et ses formes en pleine lumière, il fait encore référence à Léonard, mais de façon négative. Comme si Michel-Ange avait voulu se mesurer à son aîné en démontrant l'inutilité du *chiaroscuro* (« clair-obscur ») ou du *sfumato* (procédé consistant à estomper les contours par un subtil dégradé de couleurs) pour guider le regard du spectateur.

La mystérieuse *Madone de Manchester*, difficilement attribuable à un autre artiste que Michel-Ange (il est le seul peintre de la fin du Quattrocento à avoir représenté les anges sans ailes), est manifestement plus ancienne : peinte *a tempera* sur panneau à la manière d'un Giotto, elle aurait été réalisée avant le départ de Michel-Ange en 1496, quand il n'avait que dix-neuf ans. Encore une œuvre à décrypter… Pourquoi l'un des deux anges a-t-il quelques plumes sur l'épaule, et pas l'autre ? L'ange sans ailes est-il assimilable à l'homme débarrassé de son corps comme le suggèrent les deux couples aux contours identiques qui entourent la Vierge : l'un clairement incarné, l'autre réduit au jeu saisissant de lumière et d'ombre que désigne du doigt l'ange qui nous ressemble, au-delà du livre sur lequel la *Madone* a les yeux baissés ?

*

Le style de vie de Michel-Ange restera le même qu'à l'époque du *David* : il vit chichement, avalant à la hâte un quignon de pain et un verre de vin en maugréant sans cesser de tenir la masse, le ciseau, ou la plume.

— Comment fait-il pour occuper ses deux mains à la fois ? murmure un apprenti.

— La gauche tient le fusain… à présent c'est la droite, remarque un autre…

Michel-Ange en est fier, il est aussi habile d'une main que de l'autre. Nous dirions aujourd'hui qu'il est ambidextre (comme Léonard de Vinci qui écrit si volontiers à l'envers), ce qui lui permet de travailler double. Le soir, il s'assoupit comme on tombe, trois heures, quatre heures au plus, tout habillé et tout botté, selon une médecine improvisée : les lacets intérieurs d'une bottine compriment les veines de la jambe et aident la circulation sanguine…

Un jour, il a une « montée de sang », et il faut découper les bottines. En les retirant, la peau vient avec « comme celle d'un serpent[5] ». On imagine qu'il envoie un gamin lui en procurer d'autres, qu'il remet en serrant les dents, tel Pascal son cilice.

L'hygiène de Michel-Ange est effroyable. Même son père le déplore, lui qui émet pourtant au détour d'une lettre de décembre 1500 cet étonnant conseil d'hygiène :

« Avant tout, soigne ta tête, tiens-toi modérément chaud, *et ne te lave jamais* : fais-toi nettoyer, *et ne te lave jamais.* »

Le vieux Lodovico, dans la même lettre, se fait prophète :

« Tant que tu seras jeune, cela ira encore ; mais quand tu ne le seras plus, les maladies et les infirmités sortiront toutes au jour. »

La correspondance de son fils fera état d'une bonne quinzaine de maladies graves : migraines ophtalmiques, dépressions, fièvres rhumatismales, coliques néphrétiques, goutte, congestion cérébrale, ulcère d'estomac, crise cardiaque, rage de dents... sans compter une fracture de la jambe en tombant de l'échafaudage de la Sixtine.

Michel-Ange dut-il à son heureuse destinée ses quatre-vingt-neuf ans de vie (longévité rarissime en ces époques d'épidémies de peste, de malaria, de coqueluche, de variole, de syphilis) ? Faut-il remercier son entêtement de paysan à ne jamais se laisser soigner par un médecin ?

Les contradictions de son caractère ne feront que s'aggraver avec l'âge. Nous avons déjà évoqué sa méfiance quasi pathologique. Elle se double d'un besoin d'affection qui le porte à l'hyperbole : son jeune ami (et présumé amant) Tommaso dei Cavalieri, beau comme un athlète sorti tout vif d'un marbre antique, le regard clair et les cheveux d'un châtain presque noir, est *simpatico* (simple, fin : « charmant »), certes, mais comment voir en lui le « puissant génie » que salue une lettre de 1533 ?

Michel-Ange s'attirera bien des ennemis par son goût du sarcasme. Il ne sait pas résister à un jeu de mots qui peut aller jusqu'à la cruauté. Un jour, un peintre lui demande ce qu'il pense de sa *Pietà* :

— Elle fait vraiment pitié à regarder, répond Michel-Ange, tout content de sa trouvaille.

Sa réserve alterne avec des crises de colère.

Savourons son échange acerbe avec Léonard de

Vinci, dans une rue de Florence... Des humanistes discutant d'un passage de Dante interpellent Léonard pour qu'il en éclaircisse le sens. À ce moment, Michel-Ange passe.

— Michel-Ange vous expliquera les vers dont vous parlez, répond Léonard.

Michel-Ange, se croyant moqué, réplique :

— Explique-les toi-même, toi qui as fait le modèle d'un cheval de bronze, et qui n'as même pas été capable de le fondre, mais qui, pour ta honte, t'es arrêté en route !

Léonard rougit, mais ne répond pas. Michel-Ange, encore bouillant, lui lance :

— Et ces chapons de Milanais qui te croyaient capable de faire un tel ouvrage * !

La timidité de Michel-Ange se double d'audaces légendaires ; comme son poème adressé au pape Jules II dont les propos l'ont blessé :

Seigneur, si jamais proverbe est vrai,
C'est bien celui qui dit que :
Qui peut, jamais ne veut.

Son assurance est l'envers d'une autodérision qui culmine dans ses sonnets où il se décrit :

Avec un cœur de soufre, une chair d'étoupe,
Des os qui sont pareils à du bois sec,
Avec une âme sans bride et sans frein.

* Relation d'un contemporain, *Anonyme de la Magliabecchiana.* Le cheval de bronze fait allusion à la statue équestre de Francesco Sforza, père du duc de Milan dont il ne reste que quelques esquisses, et qui ne sera jamais coulée dans le bronze. Son modèle en plâtre a été détruit en 1499 lors de la reddition de Milan à Louis XII.

À moins de trente ans, la tendance de Michel-Ange à la solitude est aggravée par le dégoût profond de sa propre laideur, première raison de haïr Léonard, « homme de belle figure, de manières avenantes et distinguées », qui apparaît à un chroniqueur de l'époque vêtu avec élégance « d'une tunique rose, tombant jusqu'aux genoux ; sur sa poitrine (...) sa barbe bien bouclée et arrangée avec art ». Un portrait de François de Hollande représente au contraire Michel-Ange l'air mal assuré, tout de noir vêtu, sur la tête un feutre noir trop enfoncé, un manteau romain sur l'épaule. Écoutons Vasari :

« Il avait le visage rond, le front carré et large, et ses tempes dépassaient sensiblement les oreilles qui étaient plutôt grandes et détachées des joues. Le corps était en proportion de la face, et plutôt grand. Le nez était quelque peu camus, comme nous l'avons dit dans la vie du Parmigiano, qui le lui rompit d'un coup de poing. Il avait les yeux plutôt petits, de couleur cornée, tachée de points brillants jaunes, peu de cils aux paupières, les lèvres minces, celle inférieure plus grosse et avançant un peu, la barbe, ainsi que les cheveux, noire, assez courte, à deux pointes et peu fournie. »

*

Le Grand Conseil, heureusement, ne juge pas sur la mine. En avril 1503, avant même que le *David* soit complètement fini, le Conseil des travaux du Dôme et la Guilde de la Laine se réunissent à nouveau et décident de commander à Michel-Ange douze statues des apôtres pour la cathédrale, livrables à raison d'une par an. On lui offre en même temps une maison et un atelier dont il deviendra propriétaire, au rythme de son travail.

Le *Matthieu* à peine commencé restera inachevé en raison du départ de l'artiste pour Rome en mars 1505, et le contrat sera résilié à la fin de l'année. Mais la sculpture, tel un Titan luttant contre la gangue de marbre, offre une illustration magistrale de la manière dont procédait Michel-Ange, de l'avant vers le fond du bloc, comme si le personnage sortait lentement de la pierre.

Le *Matthieu* est aussi interrompu par une commande du gonfalonier Soderini, qui, à la demande insistante de Michel-Ange brûlant de se comparer à Vinci, a convaincu le Grand Conseil de faire participer les deux artistes, à part égale *, à la décoration de la salle de réunion du palais de la Seigneurie. Des peintures murales monumentales raconteront l'histoire héroïque de Florence. Dès le début de 1504, Léonard de Vinci a commencé le carton de *La Bataille d'Anghiari*, charge de cavalerie qui a eu raison en 1440 d'un important détachement milanais. La fresque occupera la partie

* Michel-Ange, meurtri, accepte pourtant d'être payé trois fois moins que son rival.

1 Giuliano Bugiardini, *Michel-Ange avec un turban*, 1522.
Casa Buonarroti, Florence.

2

« Le grand artiste ne conçoit nulle idée qu'un bloc de marbre en soi ne circonscrive de sa gangue, et seule la concrétise la main obéissant à l'intellect. »

3

4

5

2 Giorgio Vasari, *Laurent de Médicis dit le Magnifique*.
Galerie des Offices, Florence.

3 Basilique Saint-Pierre, Rome.

4 La coupole de Michel-Ange, vue intérieure. Basilique Saint-Pierre, Rome.

5 Michel-Ange, *La Madone de Manchester*. National Gallery, Londres.

6

6 Michel-Ange, *Tombeau de Laurent de Médicis*, 1520-1534.
Église San Lorenzo, chapelle des Médicis, Florence.

7 Michel-Ange, *Pietà*, 1498-1499. Basilique Saint-Pierre, Rome.

8 Michel-Ange, *David* (détail), 1504. Galerie de l'Académie, Florence.

9 Michel-Ange, *David*, 1504. Galerie de l'Académie, Florence.

7

8

9

10

10 Michel-Ange, *Adam et Ève chassés du Paradis et marchant*, fresque, 1508-1512.
Palais du Vatican, voûte de la chapelle Sixtine, Rome.

11 Michel-Ange, *Adam et Ève chassés du Paradis et marchant*, étude.
Musée du Louvre, Paris.

12 Michel-Ange, *Création d'Ève*, fresque, 1510.
Palais du Vatican, voûte de la chapelle Sixtine, Rome.

13 Michel-Ange, *Création d'Adam*, étude, craie rouge.
British Museum, Londres.

11

12

13
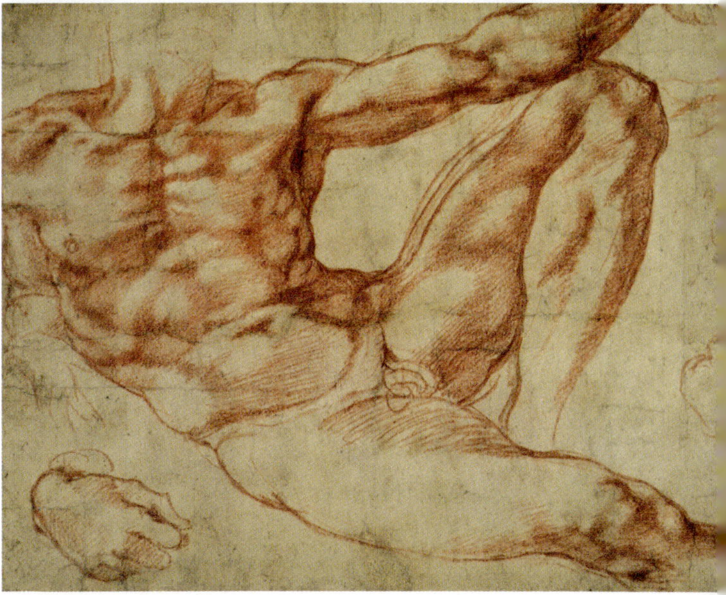

14

14 Michel-Ange, *Portrait d'un jeune garçon*, étude, vers 1532.
British Museum, Londres.

droite du mur. Elle mettra en valeur sa connaissance proverbiale des chevaux.

À l'automne 1504, Michel-Ange commence le carton de la partie gauche du mur. Il a choisi *La Bataille de Cascina*, un épisode de la guerre de Pise de 1374 : Sir John Hawkwood et ses mercenaires anglais surprennent quatre cents Florentins se baignant dans l'Arno, mais la sentinelle prévient à temps le capitaine Malatesta... Sur un tel sujet, Michel-Ange peut faire valoir sa maîtrise du nu « vivant ».

Alors que Léonard exécute son carton dans son vaste atelier de Santa Maria Novella, Michel-Ange, plein de ressentiment (son atelier de la Badia est trop petit), se voit attribuer le sinistre Hospice des Teinturiers *. Il est possible que Léonard et lui ne se soient pas rencontrés en dépit de l'enjeu commun, mais la situation laisse à penser que la distance valait mieux pour la paix des deux « concurrents ».

Dans son malheur, Michel-Ange a de la chance : si le mur de la longue chambre où il réalise son carton est maintenant nettement trop grand (sept mètres sur dix-neuf), les fenêtres donnent non seulement sur la rue des Teinturiers (tout près de la maison de sa famille quand il était enfant), mais aussi... sur l'Arno, l'un des éléments essentiels de la fresque.

Un problème majeur, cependant, subsiste : comment respecter exactement les dimensions de la

* Hôpital fondé en 1359 par la Guilde des Teinturiers.

Salle du Conseil ? *La Bataille de Cascina* est une prouesse du genre. Dessinée sur une longue bande de papier fort à l'échelle, elle a ensuite été découpée en menus carrés travaillés un par un. Ils ne seront rassemblés par le relieur Salvadore que deux jours avant l'ouverture des portes de l'Hospice au public, le 1er janvier 1505. Avec l'aide de plusieurs hommes dont Granacci, l'épaisse bande de papier a été tendue sur un cadre qui remplit une bonne partie du mur du fond. Michel-Ange, sarcastique, et par une série d'associations qui seront développées plus loin, l'appelle : *Les Baigneurs*.

Trois mois seulement ont été nécessaires à Michel-Ange pour réaliser ce travail, alors que Léonard en a exigé douze ! Sans compter que Michel-Ange et le petit Argiento ont dû trouver le temps de calfeutrer les fenêtres à la cire quand l'Arno avait gelé ! Argiento faisait des cabrioles autour de la pièce pour se réchauffer, et Michel-Ange soufflait sur ses doigts gourds, tous ses muscles bandés dans l'effort tels ses guerriers qui sortaient de la même eau que celle qui miroitait au pied de l'Hospice.

Comme issus d'un rêve (ou d'un cauchemar !), il a vu ses cinquante *Baigneurs* se dresser d'un seul coup, grandeur nature, sur le mur des Teinturiers : le mouvement dans l'immobilité, à l'instar du bas-relief du *Combat des Centaures* qui l'accompagne depuis 1492. Mais il perce dans *Les Baigneurs* une angoisse nouvelle, en même temps qu'un fol espoir. On dirait que les capacités de tous ces hommes, décuplées par l'urgence, livrent au regard, à travers la nudité de leurs corps, celle de leurs âmes.

Défi, combat, triomphe : le carton, au-delà d'un thème historique, représente ce que Michel-Ange accueille déjà comme son destin. Il lui faudra désormais se mesurer au temps, à la matière, aux préjugés, à la jalousie... Dans ce dernier domaine, Michel-Ange est facilement « attaquant-attaqué * ». Malatesta nu narguant l'attaque pisane, c'est aussi bien Michel-Ange s'insurgeant contre la destinée qui a donné à Léonard l'arme redoutable de la beauté.

Michel-Ange a lu *La Divine Comédie* au Magnifique, il l'a relue à son ami bolonais Aldovrandi. Il a conscience, comme Dante, de tourner dans les cercles de *L'Enfer* en ayant la prémonition du *Paradis*. Léonard, lui, a reçu tous les dons en partage, et pourtant son âme est vile ! N'a-t-il pas servi d'assistant militaire au tyran Borgia ? N'a-t-il pas choisi Milan en naissant florentin ? N'a-t-il pas insulté tous les sculpteurs en taxant leur art d'« art mineur » ?

À défaut d'être son propre Créateur, le « Divin Michel-Ange » s'insurge inlassablement contre Celui qui distribue si injustement ses bienfaits. Dans ses sculptures et dans ses fresques, l'harmonie du corps et celle du visage sont des symboles :

* Le Pérugin fait à Michel-Ange un retentissant procès en diffamation devant la Seigneurie. On peut douter des allégations de Michel-Ange prétendant qu'il n'avait fait que répondre aux calomnies du vieux peintre, jaloux de la renommée des *Baigneurs*.

ceux de la noblesse de l'âme. Mais Platon peut-il l'emporter sur le Dieu inique de la Bible ? Toute l'œuvre de Michel-Ange dit la promptitude d'un mouvement suspendu, comme la réponse à une sommation qui pourrait être celle d'un Jugement dernier au sujet duquel on s'interroge. Qui sera jugé : le Créateur ? ou sa créature ?

Oui, la vie qui sourd des *Baigneurs* de Cascina est au-delà de la vie et au-delà de la mort. Ces corps nus qui se découpent, vus de dos *, comme l'étrange Christ du bas-relief de la *Vierge à l'escalier*, sortant d'un fleuve qui pourrait être le Léthé ou l'Eunoé du *Paradis* de Dante, ont été saisis au moment d'un éveil brutal : celui de la révélation d'une lumière venue d'un fond qui se dérobe à nous.

Michel-Ange était croyant. Dans son invocation à un Dieu qui échappe à notre entendement, est-il allé plus loin que ne le permet la foi ? Vieillissant, il multipliera les poèmes sur l'impiété de son œuvre. Il la bafouera comme la prémonition du feu éternel, allant jusqu'à déclarer dans une lettre tardive, avec son sens féroce du jeu de mots : « Mieux eût valu qu'au temps de ma jeunesse je fusse devenu ouvrier dans une fabrique d'allumettes soufrées. »

Si les nombreuses études qui ont servi à *La Bataille de Cascina* (indifféremment appelée *Les Baigneurs*) sont unanimement considérées comme

* Il y a là une invitation à passer derrière le tableau, qui anticipe sur la peinture d'après Cézanne, presque un demi-millénaire plus tard.

les plus beaux dessins de Michel-Ange, s'ils ont été si abondamment copiés *, c'est que leur mouvement conduit en quelques traits au-delà du sensible, vers le sommet d'une pyramide renversée reculant à l'infini. Que voient les soldats ? L'homme est « l'œil du monde », proclamait le philosophe Marsile Ficin… Devant ces dessins, le spectateur est pris de vertige comme devant un jeu de miroirs qui l'impliquerait malgré lui.

On peut imaginer les problèmes de perspective posés par *Les Baigneurs*. La perspective fuyante (ici, il faut marcher si l'on veut faire constamment face à ce qu'on voit) ne peut se limiter au « cube d'Alberti ** » qui gouverne les lois de la perspective picturale de la Renaissance, inscrivant le tableau dans un espace scénique dont on ne sort pas. Il a fallu imaginer une perspective « bifocale », celle que Léonard appelle « perspective composée » (un objet vu à une distance double paraît deux fois plus petit).

Il n'est guère pensable que Michel-Ange ait retrouvé en quelques jours, de façon empirique, l'un des principes qui n'étaient encore énoncés que sur les *Carnets* secrets de Léonard :

* Le carton de *La Bataille de Cascina* a été détruit au XVIe siècle. Nous pouvons tout de même nous en faire une idée partielle grâce à la copie d'Aristotile da Sangallo (v. 1542).

** L'architecte génois Leon Battista Alberti a énoncé les lois de la « perspective classique » en 1436 dans son traité *Della Pittura*, dédié à Filippo Brunelleschi, génial architecte du Dôme de Florence. Selon les calculs d'Alberti, un tableau est compris comme un « cube », ou une scène de théâtre qui s'ordonne par rapport à la loge du prince. Son point de fuite est forcément sur la médiane horizontale du carré représentant le fond, *à l'intérieur de l'espace scénique*.

La perspective emploie pour les distances deux pyramides dont l'une a son sommet dans l'œil et sa base à l'horizon, et l'autre a sa base du côté de l'œil et son sommet à l'horizon. La première se rapporte à l'univers (...) comme un vaste paysage (...) La seconde pyramide se rapporte à une particularité du paysage *...

Il est beaucoup plus plausible de croire à une filiation avec le peintre florentin Paolo Uccello, mort l'année de la naissance de Michel-Ange, et dont ce dernier admirait tant, enfant, les fresques de l'église Santa Maria Novella, extraordinairement novatrices par rapport à la « perspective classique ».

Il faut en tout cas imaginer le reclus de l'Hospice des Teinturiers courant le long de son carton pour y planter des clous équidistants les uns des autres, traçant des lignes au fil à plomb pour trouver un nouveau point de fuite... préfigurant de façon géniale, avec les moyens du bord, le *Traité de Géométrie* écrit par le philosophe et mathématicien René Descartes en 1637.

*

De toute l'Italie, on vient admirer les cartons des deux géants. À l'Hospice des Teinturiers, Michel-Ange voit défiler les jeunes peintres les plus prometteurs de Florence : Andrea del Sarto, alors âgé

* Léonard de Vinci pensait corriger les insuffisances de sa théorie de la perspective (une déformation de l'image oblige, notamment, à fermer un œil dans la vision de près) en développant une « perspective curviligne » et « aérienne » dans un *Traité de la peinture* qu'il ne mènera jamais à terme.

de dix ans, demande s'il peut copier le carton. Puis le jeune Sebastiano de Sangallo, neveu de l'architecte Giuliano de Sangallo. Puis Raphaël Sanzio (dit « Raphaël »), qui n'a que vingt et un ans, et dont les yeux immenses et le beau visage aristocratique sont bizarrement sympathiques à Michel-Ange. Il pourrait essayer de débusquer sous l'élégance de la chemise blanche à la dentelle impeccable la noirceur d'âme qu'il prête à un Léonard. Il se déclare simplement « charmé ». La situation ne laisse en rien augurer la haine qui va naître par la suite entre les deux géants.

À l'époque, le sculpteur et orfèvre Benvenuto Cellini n'a que six ans. Il gardera un souvenir si vivace des deux cartons qu'il s'exclame, dans son *Autobiographie* : « Aussi longtemps qu'ils demeurèrent intacts, ils restèrent les modèles du monde entier. »

Antonio de Sangallo et Raphaël vont décider sur-le-champ de quitter l'atelier du Pérugin, à Pérouse, pour travailler devant *Les Baigneurs*. Sans le vouloir, Michel-Ange est à la tête d'un atelier de futurs génies. Il s'est fait malgré lui un ennemi mortel en la personne du Pérugin. Le gonfalonier Soderini a déployé des trésors de diplomatie, et le vieux peintre s'est apparemment calmé. On peut prédire à Michel-Ange un avenir de maître renommé du meilleur atelier de Florence…

Mais la situation bascule de façon imprévisible : le projet de décoration de la Salle du Conseil par les deux plus grands artistes de l'époque va en effet se solder par un double abandon !

En prenant son carton pour modèle, Léonard commence sa fresque sur le mur de la Seigneurie. Expérimentateur à tout crin, il profite de l'occasion pour mettre au point une nouvelle technique de « détrempe * », permettant à la peinture de mieux adhérer à la paroi. Mais les pigments altèrent les couleurs, dégouttent, et provoquent des dégâts irréparables sur les parties inférieures de la fresque. En mai 1505, Léonard abandonne la partie.

Quant à Michel-Ange, il n'a même pas le temps de commencer sa fresque. En mars 1505, son ami Giuliano de Sangallo, architecte officiel du Vatican, lui transmet une convocation qui ressemble à un ultimatum : Jules II, le nouveau pape, le fait venir à Rome pour une commande des plus confuses dont tout laisse à croire qu'il s'agit de son tombeau.

Le projet d'un monument « dégagé » (visible sur toutes ses faces) est approuvé en avril, et Michel-Ange séjourne à Carrare jusqu'en décembre pour sélectionner et préparer le marbre le plus parfait qui soit : un bloc d'un blanc si translucide que son regard pourra embrasser toutes les couches de cristaux superposées. Un marbre « noble », sans fissure, sans taches de fer, sans bulles. Un marbre pur reconnaissable non plus à l'œil, mais *au son*, comme le cristal, grâce au coup léger porté par un maillet.

L'avenir s'annonce lumineux. L'année 1506 et

* Peinture utilisant des couleurs broyées à l'eau et délayées avec de la colle, de la gomme et du blanc d'œuf.

les suivantes vont s'avérer en réalité être les plus éprouvantes de sa vie. Dans ses *Lettres*, il utilise pour les qualifier l'expression « tragédie du tombeau ».

Au service du Pape Soldat

Quand Michel-Ange fait la connaissance de Jules II, le souverain pontife a soixante-deux ans. Comment imaginer, assis sur ce trône cramoisi qui fait trembler une bonne partie du monde, un homme au visage de lutteur, marqué par les épreuves, et dont la lourde barbe blanche évoque plutôt un navigateur au long cours qu'un chef spirituel ? Raphaël, dans *La Messe de Bolsena* (1502), a parfaitement représenté celui qu'on surnomme « le Pape Soldat » ou « Jules César » : volontaire et rayonnant d'énergie.

À la suite de Sangallo, le jeune artiste s'est agenouillé pour baiser l'anneau du souverain pontife.

Qui n'a pas entendu parler du caractère intraitable de Jules II (Julien Della Rovere), guerrier avant toute chose ? Élu le 31 octobre 1503, il succède à l'éphémère Pie III, décédé moins d'un mois après son intronisation à la mort d'Alexandre VI Borgia. Lui qui a osé traiter publiquement Alexandre VI de « faux pontife et de traître à l'Église » (on comprend qu'il se soit réfugié en France pendant dix ans) n'a pas hésité, c'est de notoriété publique, à acheter à son tour le Saint-Siège.

Riche de toutes sortes de bénéfices ecclésiastiques octroyés par son oncle Sixte IV (1471-1484), qui l'a aidé à gravir les échelons jusqu'au cardinalat, le cardinal Della Rovere a promis des biens ou des charges aux cardinaux du conclave le plus court de toute l'histoire de la papauté. Depuis le 31 octobre 1503, jour de son élection à l'unanimité, des chansons de rue évoquent à mots couverts dans l'Europe entière la « simonie » (trafic de biens spirituels) du Vicaire du Christ.

On attendrait une sorte de César Borgia vieilli… Avec l'œil exercé du sculpteur et du peintre, Michel-Ange observe à la dérobée son nouveau maître. Aucune cruauté, aucun cynisme, dans la *terribilità* qui se dégage du Saint-Père : seuls une volonté de fer et un regard noir de jais, d'une intelligence hors du commun, qui fait baisser les yeux. Celui qui l'a affronté, même une seule fois, y a lu ce précepte hérité de Machiavel : « Qui veut la fin veut les moyens. »

Difficile, pour Michel-Ange, de servir un si proche parent de l'instigateur de la conjuration des Pazzi (Sixte IV entendait éliminer, à travers les Médicis, la politique pro-française d'une cité trop puissante). Même s'il devine qu'à la différence d'Alexandre VI, Jules II ne vise pas des fins personnelles. Sur le visage à demi étranglé par la lourde chape, et dont les traits n'ont pas perdu toute beauté, il a décelé la noblesse d'âme :

« Il a attendu presque une vie entière d'avoir les moyens de reconquérir les États pontificaux * aliénés par les conquêtes françaises et par le Grand Schisme **, se dit Michel-Ange. Mais un tel homme est capable de réaliser en un jour ce que d'autres mettent des années à imaginer ! »

Pas d'états d'âme inutiles chez l'« Apôtre de l'action » dont l'œil transperce le menu fretin qu'il bénit dans la plus grande indifférence : il est ailleurs, traçant des plans pour des combats futurs, déployant des armées.

— Jules ne tient absolument pas compte de notre présence, conclut Michel-Ange en risquant un œil vers Sangallo à ses côtés. Mais comment nous lever sans l'indisposer ?

Jules II est effectivement perdu dans ses pensées : les États pontificaux ont un intérêt stratégique (maintenir l'indépendance du Vatican à l'égard du reste de l'Europe), mais aussi économique : pour rétablir l'agriculture de Rome, pallier son hygiène déplorable, restaurer ses palais et sa voirie, encourager les arts ***, il faut calmer les tensions militaires et l'esprit de rapine, permettre un essor des échanges commerciaux, et créer une nouvelle mon-

* États légués, achetés, tombés sous influence, ou conquis, généralement par des membres de la famille papale ou des membres du clergé.

** L'exil du pape Clément V à Avignon en 1309 a entraîné le Grand Schisme (1378-1417) : deux papes : un pape italien à Rome et un « antipape » français en Avignon. Cette situation a conduit les maîtres des États pontificaux à se comporter en seigneurs indépendants, et a considérablement appauvri Rome, réduite, comme le constate Michel-Ange à plusieurs reprises, à « un tas d'ordures ».

*** Jules II fera appel non seulement à Michel-Ange, mais à Raphaël et à l'architecte Bramante. Bramante devient l'objet d'une fascination-répulsion comparable à celle que suscite Léonard de Vinci.

naie... En un mot, il faut redonner à Rome son statut de banque mondiale !

On peut se demander comment Jules II a encore du temps à consacrer aux arts : 1505 est pour lui une année cruciale. Après la déroute des Français devant le condottiere Gonzalve de Cordoue, Naples a été libérée (son occupation constituait une menace au sud), le redoutable César Borgia a été exilé en Espagne... C'est aussi l'année où Jules II, à défaut d'armée, constitue sa « garde suisse » (deux cents Suisses qui tiendront tête à deux mille hommes). C'est l'année où il entreprend des pourparlers secrets avec Giovanni Giordano Orsini *, en vue du mariage stratégique de l'une de ses trois filles, Felice.

Décidément, ce jour de 1505 où il reçoit Michel-Ange, Jules II est absent. Est-il déjà occupé mentalement à la conquête de Pérouse et de Bologne qu'il effectuera l'année suivante ?

Michel-Ange, depuis un moment, s'est également absenté. Son corps, certes, est là, mais son esprit est ailleurs : débarrassé en imagination de ses vêtements superfétatoires, le titulaire de Saint-Pierre est un « modèle vivant » à ne pas manquer ! Il le dessine mentalement en diverses poses choisies : là il cravachera son cheval, ailleurs il sera un nouveau Christ arborant bannière, l'épée au poing... Le Pape Soldat n'a-t-il pas juré d'assurer en personne, à la

* Jules II doit se protéger des puissantes familles des Colonna et des Orsini, dont la rivalité confine au mythe. Elles constituent à Rome une survivance de la féodalité.

tête de sa poignée de Suisses, le remembrement de ses États et le rétablissement du pouvoir séculier ?

*

Pas plus que Jules II ne peut deviner la carrière exceptionnelle du jeune artiste dont la présence commence à lui peser, pas plus Michel-Ange ne peut savoir quelle histoire extraordinaire sera celle du terrible Jules II. Mais les deux « interlocuteurs » se sont mesurés silencieusement, et chacun a reconnu en l'autre un homme de sa trempe, habité par des projets grandioses, et capable de leur donner une réalité. Chacun a deviné que les rapports avec l'autre seraient « terribles », même s'ils ne se départiront jamais d'une profonde sympathie.

Jules II sort de son mutisme par le biais de phrases lapidaires, articulées d'une voix sèche. Un ordre adressé à un valet :

— Donne-moi un tombeau ouvert, comme une demeure. J'y veux une frise qui glorifie mon combat pour l'unité de l'Église.

— Mais où, Votre Sainteté ?

— À Saint-Pierre, répond du bout des lèvres Jules II en invitant ses visiteurs à sortir, d'un geste agacé.

Le destin des deux hommes est désormais mêlé. Même si, comme nous le constaterons par la suite, le tombeau ne verra jamais le jour. Jules II va substituer au projet initial celui de la restauration du plafond de la chapelle Sixtine (dédiée à Sixte IV). La voûte sera révélée au public en 1512, l'année où

Jules II achève l'unification des États pontificaux. Les quatre ans que Michel-Ange passe sur un échafaudage, peignant cinq cent quarante mètres carrés debout, le dos courbé, la nuque cassée, suffisent à « Jules César » pour avoir raison de la Ligue de Cambrai *.

Le parallélisme fait sourire : Michel-Ange chassant ses apprentis à coups de poing, et dressant le long de la voûte la *terribilità* de ses prophètes ; le pape, aussi impressionnant que Moïse, jetant sur Louis XII les foudres de l'excommunication et recrutant dix mille Suisses... La victoire sur les Français, à Ravenne, l'a laissé sans voix, comme le peintre devant son plafond : comment aurait-il pu imaginer que l'empereur autoriserait les gardes suisses à traverser ses frontières pour rejoindre Venise ?

Pavie, Milan, Gênes, la Romagne... : les États pontificaux seront non seulement reconstitués **, mais augmentés (Bologne et Parme). Quant à Michel-Ange, il ne s'est pas contenté de reprendre les épisodes de la Bible. Il les a « nourris » d'une interprétation unique dans l'histoire de l'art : illustration d'un univers à la fois poétique, philosophique, mythique, architectural, sculptural.

Ultime parenté entre deux êtres : ni le peintre ni le pape ne seront satisfaits de leur entreprise. Pour Michel-Ange, le travail reste inachevé (Jules II lui a imposé brutalement son terme de 1512) ; pour le

* Unissant la France, l'Espagne, et l'empereur.

** Une reconstitution durable, qui ne sera remise en question que par le *Risorgimento*, mouvement unificateur de l'Italie au XIXe siècle.

Soldat du Christ, la conquête ne répond pas à l'ambition secrète que Michel-Ange a discernée d'emblée, et qui rejoint sa propre mégalomanie en matière d'art : faire de l'Italie entière, et d'une bonne partie de l'Europe, des États pontificaux.

Avant sa visite au Saint-Père, Michel-Ange a traversé sans y penser une ville dont il va mesurer le changement : les maisons en ruine ont été rasées, les rues romaines nettoyées, élargies et souvent repavées. Plus de porcs dans le Forum. Mais les églises (qui recèlent les trésors artistiques du Quattrocento : Fra Angelico, Filippo Lippi, Signorelli, le Pérugin, Botticelli...) croulent toujours sous les gravats.

En sortant de Saint-Pierre, Michel-Ange a marché des heures pour se calmer. L'air est doux, c'est un bonheur que de longer le Trastevere, d'apercevoir les campaniles de Sainte-Marie, de Saint-Paul, de reprendre la route qui mène à Saint-Jean-de-Latran, dont l'impressionnant obélisque signale qu'elle a été pendant un millénaire le siège de la papauté... Le but est encore loin. Il faut rejoindre l'antique nécropole, et atteindre Sainte-Marie-Majeure.

Les larmes aux yeux, Michel-Ange a mesuré la décrépitude de ce qu'il compte au nombre des sept merveilles du monde : même la basilique Saint-Pierre est en pleine détérioration, parce que Jules II n'a, prétend-il, « ni le temps ni l'argent ».

Et les trouvailles antiques que le souverain pontife a entassées sur le Belvédère, ne lui ont-elles rien coûté ?

*

Rome brille, dans l'imagination du pape, comme la capitale de l'univers. Michel-Ange réalise que Jules II l'a fait venir, avec d'autres, pour « assister la ville » à la manière d'une troupe en réserve, mais sans aucun projet précis.

Michel-Ange rejoint, dubitatif, l'atelier de Sangallo… et s'installe immédiatement à sa planche à dessin. Décidément, le personnage de Moïse s'impose. Moïse, symbole de l'homme dans sa pleine maturité, dont les colères légendaires incarnent la démesure, et dont les capacités de législateur obéissent à la mesure ; Moïse, allégorie de l'imperfection humaine tendant en vain vers le ressouvenir platonicien d'une perfection oubliée.

Moïse, bien qu'assis à un angle du tombeau, mesurera au moins deux mètres. À l'angle opposé : saint Paul, visionnaire de la dernière heure. Ces deux statues occuperont le premier étage d'un monument conçu comme une pyramide dont la base mesurera exactement onze mètres sur sept, et qui s'élèvera à onze mètres de haut, à travers un nombre indéfini de gradins. Au sommet : deux anges tiendront un petit sarcophage. L'un pleurera le décès d'un grand homme, l'autre rira de le savoir au paradis.

Pour ce projet aussi grandiose que le mausolée d'Hadrien, Michel-Ange dessine pas moins de quarante statues à l'échelle, aussi gigantesques que les premières, qui orneront le tombeau telle une frise somptueuse. Et la frise en bronze que réclamait

Jules II ? Michel-Ange la réduit à la portion congrue : fine, presque invisible à l'un des étages.

Le rez-de-chaussée sera la partie la plus originale. Monté sur des colonnes, il sera soutenu sur chacun de ses côtés par quatre esclaves figurant diverses attitudes de la captivité. Michel-Ange entend imposer leur nudité, qui tranchera sur le vêtement des personnages occupant les étages, dans toutes les poses, au contraire, de la lutte et du plus fol espoir.

Une nouvelle fois, Michel-Ange remet en scène ses *Baigneurs* qui illustrent la condition humaine. Mais, cette fois, le spectateur pourra tourner autour d'eux. Que voient-ils ? Leur ronde reconduit indéfiniment à l'entrée de la petite chambre creusée dans le tombeau, là où sera enseveli le corps du pape… Le mystère se clôt sur lui-même.

« Le pape, ayant vu le dessin, raconte Condivi, fut si satisfait qu'il envoya immédiatement Michel-Ange à Carrare. » Il allouait au sculpteur mille ducats et pas un sou de plus, de quoi payer de bons blocs de marbre, ainsi que leur acheminement à Rome.

— Et le délai ? demande Michel-Ange.

— Cinq ans, conclut le Saint-Père d'une voix coupante.

Il en eût fallu au moins le double !

Michel-Ange va passer près d'un an dans les montagnes de Carrare sans recevoir d'autre argent. Ayant enfin choisi la quantité de marbre nécessaire, et l'ayant fait charger sur mer et conduire à Rome, il en remplit la moitié de la place Saint-Pierre, à l'endroit précis où le pape lui accorde l'autorisation d'installer un atelier pour sculpter ses personnages.

Pour que Jules II puisse venir le voir plus facilement, on a pratiqué un pont-levis du « corridor » (couloir reliant le château Saint-Ange au palais du Vatican) à l'atelier. Ces familiarités princières suscitent une grande jalousie chez les autres artistes travaillant eux aussi pour le Saint-Père.

Il sera souvent question de jalousie à propos de ce projet inhumain dont Michel-Ange n'exécutera, du vivant de Jules II et après sa mort, que quatre statues achevées et huit ébauchées. La « tragédie du tombeau » assombrira à tel point sa vie que le sculpteur y verra un châtiment divin : Jules II et lui-même, fortes natures, n'admettant que les projets colossaux, ne se sont-ils pas rendus coupables de cette « démesure », que l'auteur des *Lettres* débusque au tournant de tous ses actes, comme dans une tragédie grecque ?

Michel-Ange, à Carrare, s'est attelé au travail titanesque qu'il effectue toujours après la taille des blocs : croquis très exact de chacun d'eux, après authentification par un notaire et apposition de son sceau (trois cercles entrelacés) avec les initiales du tailleur de pierre.

Auparavant, il a fallu surveiller la redoutable extraction : le travail dans les carrières est si dangereux qu'en se séparant le soir, les carriers ne se disent pas « À demain », mais « Prends garde ! ».

Combien ont trouvé la mort sur les falaises blanches ? Attachés à des cordes arrimées aux pics qui surmontent le *poggio* (palier de travail), les ouvriers, semblant flotter dans l'air à des centaines de mètres de hauteur, balayent la paroi au risque de se fracasser tout vifs, pour prévenir la chute des pierres. Plus bas, d'autres carriers enfoncent dans une entaille, au levier et à la masse, les coins de bois gorgés d'eau qui vont gonfler le long d'une veine pour faire éclater la pierre.

L'extraction est verticale. Elle suppose donc que l'on commence par le haut de la falaise. Quand le bloc se détache, il tombe sur le *poggio*, déserté à la hâte par des ouvriers qui n'ont d'autre issue que de courir aux extrémités du palier. Les éclats du marbre selon ses veines constituent encore un danger supplémentaire. Et pourtant le marbre, gâté par les produits chimiques véhiculés par la pluie, est si rarement pur !

Quand le bloc de marbre est jugé de bonne qualité, il faut le haler sur des rouleaux jusqu'à un plan incliné enduit de savon, sa chute étant alors freinée par des cordes. Michel-Ange évoque, dans une lettre de 1518, la rupture dramatique d'une corde de freinage : « Un homme eut l'échine rompue et mourut sur-le-champ et moi-même, j'ai failli perdre la vie. »

L'accident, c'est la sale habitude. Alors, on fait sonner le cor, et les membres de la communauté de travail posent, qui la scie, qui la masse ; les apprentis cessent de faire couler le flot continu de sable et d'eau qui doit faciliter la taille. En silence, on descend le sentier et l'on s'achemine tête basse vers sa maison, souvent à plus d'une heure de marche.

Tous ces efforts pour rien ! La basilique est trop petite pour le tombeau, et personne n'y avait songé...

— Les statues vont être écrasées contre les

piliers, déclare l'architecte Bramante *. D'ailleurs les fenêtres sont si petites qu'on ne verra qu'une masse d'ombre !

— C'est vrai, admet Sangallo en tortillant machinalement l'une de ses boucles blanches, une lueur pensive dans les yeux. Il faudrait construire une chapelle qui le mette en valeur...

— Mais enfin, s'écrie Bramante, il n'y a qu'à reconstruire Saint-Pierre ! C'est le plus cher désir de Sa Sainteté ! L'architecture doit se mettre au service d'une sculpture aussi somptueuse que votre monument funéraire ! Qu'en pensez-vous, Michel-Ange ?

— Je pense qu'on ne peut pas détruire le premier temple de la chrétienté, même s'il étouffe de piliers, répond Michel-Ange.

— J'imagine un dôme, percé de larges fenêtres, et édifié sur la base de la croix grecque **... Il faudrait des piliers très fins, mais suffisants pour soutenir une vaste coupole...

Bramante s'est interrompu. Il tourne le dos aux deux hommes et s'esquive comme s'il avait trop parlé.

En avril 1506, on frappe la médaille qui commémorera la pose de la première pierre. Michel-Ange, qui comprend enfin qu'on va démolir l'ancienne basilique, crie au sacrilège. Pourquoi le pape a-t-il refusé le projet de Sangallo intégrant l'ancienne basilique ? Michel-Ange ne décolère pas.

* Architecte en titre du duché de Milan. Par son sens de l'intrigue et son génie de l'invention, il éclipse même Léonard de Vinci. L'invasion française et la chute des Sforza le contraignent à prendre la fuite, comme son rival.

** Inscrite dans un cercle.

Il parle de « trahison » : son ami Giuliano de Sangallo n'a-t-il pas été l'un des plus proches compagnons d'exil de l'ex-cardinal Della Rovere ? Il se sent impliqué dans la perte de prestige de Giuliano, comparable, pour un homme de la Renaissance, à une perte du statut social.

Jules II n'est pas homme à ménager ses interlocuteurs :

— Donato Bramante est le seul architecte du siècle, déclare-t-il, en renvoyant Sangallo d'un geste qui n'admet aucune réplique.

Profondément blessé en tant qu'ami de Sangallo, Michel-Ange va développer jusqu'à ses dernières lettres une véritable phobie contre Bramante, l'accusant d'emblée, sans prudence, mais non sans raison, de malversations dans ses travaux. Bramante décide alors de se venger…

*

— Votre Sainteté n'a-t-elle pas songé que cela porte malheur de préparer de son vivant sa propre sépulture ?

Jules II tend l'oreille. Non seulement il est superstitieux, mais la perspective d'une économie d'importance le rend amène. Comment faire face à la fois aux nécessités de la défense militaire d'une basilique et à l'édification du plus luxueux des tombeaux ?

Se sentant soutenu, Bramante baisse le ton :

— On prête à Michel-Ange un don de prémonition. Il a dû sentir que j'allais vous parler de la sorte. Depuis quelque temps, il s'acharne à jeter le discrédit sur ma personne...

Comme le Pérugin deux ans plus tôt, Bramante accuse Michel-Ange de diffamation. Mais le Pape Soldat n'écoute plus, il est ailleurs. Les humeurs de Michel-Ange, il a appris à les connaître, à les goûter oserait-on dire. Et il n'est pas assez sot pour ignorer que le diffamateur est souvent du côté du délateur...

Jules II rêve : la vie, pour lui, c'est de conduire à l'attaque une troupe bien nourrie, aux armures rutilantes... Pourquoi choisirait-il entre cette vie-là et un tombeau !

Donc, en janvier 1506, à son retour de Carrare, Michel-Ange en est toujours aux mille ducats alloués à son départ, et il vit sur le prêt que lui a consenti gracieusement son vieil ami Balducci, qui a repris la banque de Jacopo Galli. La situation devient angoissante : au moment où il se voit contraint de nourrir, loger, et payer de sa poche les ouvriers venus de Carrare et de Florence, le pape espace ses visites, avant de s'éclipser totalement :

« Lorsque le pape changea de fantaisie, lit-on dans une lettre d'octobre 1542, et que les barques arrivèrent avec les marbres de Carrare, je dus payer moi-même le fret. Dans ce même temps, les tailleurs de pierre, que j'avais fait venir de Florence pour le tombeau, arrivèrent à Rome et comme j'avais fait installer et meubler pour eux la maison que Jules m'avait donnée derrière Santa Caterina, je me vis sans argent et dans un grand embarras... »

Aucune nouvelle du pape, qui refuse même une audience :

« Il me fit renvoyer par un palefrenier, écrit Michel-Ange. Il y avait là un évêque qui gronda l'homme, lui disant qu'il ne savait certainement pas à qui il avait affaire. Mais le palefrenier répondit qu'il avait bien reçu des ordres. »

Une lettre au pape témoigne de cette détermination qui fera s'incliner les plus grands :

« Saint-Père, j'ai été jeté aujourd'hui hors de Votre palais, et sur Vos ordres ; c'est pourquoi je Vous informe que, dorénavant, si Vous avez besoin de mes services, il Vous faudra me faire quérir ailleurs que dans Rome. »

Michel-Ange envoie la lettre, puis il éperonne les flancs de son cheval et se dirige vers Florence au galop. Sur son chemin, cinq cavaliers envoyés par Jules II lui remettent le pli suivant :

« Aussitôt après ceci, tu retourneras à Rome sous peine de notre disgrâce. »

— Dites à Sa Sainteté que je reviendrai quand elle tiendra ses engagements ! répond Michel-Ange.

Un autre ne serait pas sorti vivant d'une telle injure à l'adresse du représentant de Dieu sur terre. Mais les envoyés de Jules II ont dû recevoir l'ordre de ménager leur destinataire. Ils tournent bride, et le jeune Florentin ne distingue bientôt plus à l'horizon qu'un nuage de poussière.

Savourant une satisfaction d'enfant qui a réussi à faire plier son maître, Michel-Ange réduit l'allure de son cheval. Il conçoit mentalement le sonnet[6] fort irrévérencieux (déjà cité partiellement dans un précédent chapitre) qu'il adressera au pape dès son retour :

Seigneur, si jamais proverbe est vrai,
C'est bien celui qui dit :
Qui peut, jamais ne veut
(...)
Mais le Ciel se moque de toute vertu,
En la plaçant dans ce monde,
Si elle doit attendre des fruits
D'un arbre sec.*

Michel-Ange regagne Florence. L'affront de Jules II n'est pas la seule raison de son départ précipité. Dans une lettre à Giuliano de Sangallo, il suggère que Bramante avait décidé de le faire assassiner :

« Il suffit de dire que cela me donna à penser que, si je restais à Rome, cette ville serait mon tombeau, plutôt que celui du pape. Et ce fut la cause de mon départ subit. »

Une lettre à un inconnu, datée de 1542, ajoute cette précision surprenante, qui met en question son ex-élève Raphaël, si *simpatico* à l'Hospice des Teinturiers :

« Toutes les difficultés survenues entre le pape Jules et moi sont le fait de la jalousie de Bramante et de Raphaël : ils cherchaient à me perdre ; et vraiment Raphaël en avait bien sujet ; car ce qu'il savait de l'art, c'est de moi qu'il le tenait. »

* Même en pareille situation, et face à un personnage aussi redoutable que Jules II, Michel-Ange ne peut résister au charme d'un jeu de mots : l'« arbre sec » renvoie au chêne vert de l'écu des Della Rovere.

Le rêve et la réalité

À Florence, Michel-Ange reçoit un accueil peu enthousiaste de son père, qui attendait de Jules II une prodigalité qui lui eût épargné bien des soucis dans ses vieux jours.

L'œil assombri, le front barré d'une ride précoce, le fils indigne réintègre sa chambre en façade dans la demeure de Lodovico Buonarroti. Il vient d'apprendre que le 18 avril 1506, lendemain de son départ de Rome, on a posé la première pierre de la nouvelle basilique Saint-Pierre.

Il a toujours la même appréhension en traversant la place de la Seigneurie, si près, trop près… Bien sûr, son *David* est là, immense, irradiant de blancheur, dans l'éclat de ce début de printemps. Mais efface-t-il l'injustice de la Création ? Celle des créatures de chair et de sang ?

La « lumière sur la place », c'est dans ses *Baigneurs* qu'il lui faut la retrouver. Le carton a quitté l'Hospice des Teinturiers, il est là, contre le mur attenant à la Salle du Conseil… Quelle lumière émane du fond sur lequel se découpent les dos athlétiques des *Baigneurs* sommés de répondre !

— Si je plisse les yeux, réfléchit Michel-Ange, la vision frontale d'une partie du carton produit l'impression d'un cône lumineux dont mon œil est le sommet.

Il recule de quelques pas, fait cligner ses paupières, et conclut :

— À bonne distance, si je pouvais embrasser du regard l'ensemble du carton, je ne verrais plus des corps émergeant d'un fleuve, mais une pyramide de lumière... Je verrais peut-être ce qu'ils voient...

Michel-Ange a fermé les yeux. C'est ainsi qu'il a coutume de procéder quand il pense, vite, très vite : « L'œil du monde », disait Marsile Ficin... Et si l'homme avait pour vocation d'être cette fontaine lumineuse qui éclaire autrement le monde des apparences ? Si le peintre, le sculpteur, le poète se devaient d'être les initiateurs qui aident à « passer dans l'au-delà » de la pure Idée platonicienne ?

Le rêveur est ramené brutalement à la réalité par une tape un peu forte du gonfalonier Soderini. Depuis le temps qu'il tapote doucement l'épaule du visiteur, comme on frappe à la porte d'un enfant qui dort, le vieux dignitaire s'est lassé. Un peu plus plissé, un peu plus parcheminé qu'autrefois, mais droit comme un chêne, il semble sur le point de siffler de colère, enveloppant Michel-Ange d'un regard orageux :

— Tu peux être fier de toi : tu as joué au pape un tour comme le roi de France lui-même n'en eût pas fait.

— Le pape a manqué à sa parole !

— Tu me laisses continuer ? La Seigneurie ne va

tout de même pas engager une guerre contre Jules II à cause de toi ! Retourne immédiatement à Rome !

— Mais là-bas, je serai en danger ! Bramante veut ma perte ! On me dit qu'il a voulu soudoyer des brigands pour mettre à sac le chantier de la place Saint-Pierre où j'ai fait entasser sous des bâches les blocs de marbre avant mon départ. Heureusement, il n'a trouvé personne : rien n'est clair, même les hommes de main ont peur des revirements du Saint-Père…

— Mais écoute-moi donc ! La Seigneurie te donnera des lettres d'un tel poids que toute injustice qui te serait faite serait faite à la Seigneurie…

— Je vais réfléchir, gonfalonier, laissez-moi quelques jours. Au moins le temps d'honorer mon ancien contrat pour les douze apôtres !

— Mais personne ne le renouvellera, ce contrat ! Tu crois que le Conseil va provoquer le pape en t'offrant un alibi pour prolonger ton séjour à Florence ? Exécute d'abord le tombeau ou tout autre travail qu'il pourrait te demander. Ensuite, nous verrons.

Soderini reste la bouche ouverte. Son interlocuteur lui a tourné le dos, les poings serrés…

— Un taureau furieux, songe Soderini…

À grandes enjambées, le jeune homme est sorti du couloir, il dévale l'escalier du palais, et disparaît dans une ruelle.

Le rebelle tient bon. Presque chaque jour, il revient contempler son carton, il a même installé ses fusains et ses couleurs pour en affiner des détails… Presque chaque jour, il croise Soderini qui reçoit du pape, fou de rage, « bref » (ordre écrit) sur « bref », ordonnant qu'on lui restitue « son » sculpteur.

Michel-Ange multiplie les conditions :

— Gonfalonier, et si le tombeau était fait non pas à Rome, mais à Florence ?

— Tu plaisantes, Michel-Ange ? Autant cracher au visage de Sa Sainteté !

— Alors je vais partir en Turquie pour ne plus vous compromettre. Le sultan m'a fait transmettre une offre par les franciscains. Il aimerait que je vienne à Constantinople pour bâtir un pont à Péra.

— Serais-tu aussi lâche ?

Les pourparlers vont prendre des mois. À la fin août, Jules II quitte Rome. À la tête de quelques centaines de chevaliers il conquiert Pérouse, où il donne pleins pouvoirs au cardinal Jean de Médicis. Puis il traverse les Apennins, où il décide d'économiser ses forces armées, usant, comme d'un jeu de société, de la plus ouverte simonie : il distribue les barrettes de cardinaux comme des décorations militaires, excommunie à tour de bras les insoumis... et, réduisant ainsi à sa solde les huit mille soldats de l'armée française, il s'empare de Bologne.

Le jour de la victoire, Soderini, excédé, pose à Michel-Ange un ultimatum :

— Le Saint-Père veut que tu exécutes des travaux à Bologne. Pars sur-le-champ. Tu ne vois pas que les Florentins s'impatientent devant le danger que représente pour eux l'avancée de Jules ? Tu veux te faire lapider ?

— À Florence ou à Rome ? Qu'importe !

— Mais il s'agit de Bologne ! Mon frère, le cardinal de Voterra, fait partie de l'entourage immédiat de Jules. Je vais te faire une lettre de recommandation sur mon honneur !

Michel-Ange est vaincu. À contrecœur, il embrasse hâtivement son père et son jeune frère Buonarroto, et fait seller son cheval.

Par bonheur, il ne neige pas. Le froid de novembre lui dessine une petite buée aux lèvres. Et quand il reprend souffle, elle se dilue en pyramide, en fontaine de nuages qui lui rappelle son rêve lumineux devant *Les Baigneurs*... Qu'y a-t-il, « de l'autre côté » des plaines, des montagnes qu'il traverse en dormeur éveillé ? Qu'y a-t-il « de l'autre côté » de l'horizon ?

L'énigme de la chapelle Sixtine

À présent, on peut passer les murs de Bologne sans montrer son pouce. Le cavalier a mis pied à terre et laissé son cheval dans une auberge. Il se fraie difficilement un chemin à travers la foule élégante de la piazza Maggiore.

L'entrée de San Petronio est gardée par des soldats... Michel-Ange remet le sauf-conduit de Soderini. On s'incline. C'est escorté d'une garde d'honneur qu'il franchit lentement les marches, littéralement happé, comme du temps d'Aldovrandi, par l'extraordinaire portail de Della Quercia : la *Création d'Adam*, la *Fin du Paradis terrestre*, *Caïn et Abel*... Le monde *ante Legem* * de la Bible... Des sujets pour toute une vie !

Le jeune homme pénètre dans l'église où l'on célèbre la messe. Hasard ? Une silhouette sort de l'ombre à son entrée : le palefrenier qui lui avait interdit la porte du pape, des mois plus tôt !

L'homme l'a reconnu. Avec les plus grands égards, il le conduit jusqu'au palais où un évêque

* Avant l'apparition des Tables de la Loi à Moïse, sur le Sinaï.

envoyé par le cardinal de Volterra le conduit au palais des Seize. Jules II est en train de dîner. La salle, immense, a été pavoisée de riches couleurs, et une centaine d'hôtes de marque (généraux, princes, cardinaux) occupent les deux côtés de l'interminable table que préside, dans sa longue robe blanche, le Vicaire du Christ.

Que ces mets sont appétissants ! Michel-Ange, qui n'a rien avalé depuis un mauvais souper dans l'auberge, en oublie tout sens des préséances (ou de la plus élémentaire prudence).

Le visage en feu devant l'homme qui ose rester debout devant lui, Jules II s'étrangle de colère :

— C'était à toi de venir Nous chercher à Rome ; et tu as attendu que Nous venions te trouver à Bologne !

Les convives sont paralysés de stupeur devant ce visiteur hirsute dans son manteau crotté, qui a tout juste daigné ôter son chapeau, et ne bouge pas d'un pouce.

Dans le silence général, Michel-Ange finit par s'agenouiller :

— Très Saint-Père, articule-t-il avec difficulté, dans cet état d'émotion qui peut avoir raison, il le sait, de sa plus farouche volonté, Très Saint-Père...

Le pape ne l'aide en aucune façon. Il a baissé la tête et darde sur Michel-Ange un regard impénétrable, effrayant, celui de Dieu, probablement, quand il a chassé Adam et Ève du Paradis...

— Très Saint-Père, reprend Michel-Ange en rassemblant toute son énergie, je n'ai pas agi par malice, mais par irritation ! Votre Sainteté m'a fait chasser comme un valet !

Affolé, l'évêque mandé par le cardinal de Volterra essaie de s'interposer :

— Que Votre Sainteté veuille bien ne pas faire attention à ses sottises : il pèche par ignorance. En dehors de leur art, les peintres sont tous les mêmes !

Le pape relève la tête, hors de lui. Il hurle à l'évêque sidéré :

— Tu as proféré une insulte que Nous n'aurions pas dite. L'ignorant c'est toi !... Va-t'en, et que le diable t'emporte !

Et comme l'évêque reste figé sur place, Jules II fait signe à la tablée d'intervenir. À coups de pied, à coups de poing, le malheureux est jeté dehors.

Le pape a déchargé sa colère. Sur qui ? Peu importe, il fait approcher Michel-Ange. Promenant un regard bonhomme sur son vis-à-vis tétanisé qui bafouille des paroles de regret en baisant son anneau, il le bénit.

La paix n'est pas scellée pour autant : Jules II a besoin de faire sentir sa toute-puissance. Ce n'est plus un tombeau qu'il veut, mais une immense statue de bronze qui commémorera sa victoire à Bologne :

— Mais Sa Sainteté me fait trop d'honneur ! Je n'entends rien à la fonte du bronze !

— Eh bien, tu apprendras.

Le trésorier du pape offre cent ducats !

*

Pour Michel-Ange, c'est une fortune. Il a loué une maison qui ressemble à un hangar, dont il va malheureusement partager l'unique lit, faute de place, puis d'argent, avec quatre occupants : ses deux aides florentins, Lapo et Lotti, son fondeur Bernardino, et le jeune Argiento accouru de Ferrare. Le minuscule Lapo et l'interminable Lotti ont si honnête figure qu'il leur laisse faire les courses : cire, argile, briques à chauffer... et jusqu'aux provisions.

Quinze mois passent, accablants : Michel-Ange découvre que Lapo et Lotti le volent et jouent aux petits chefs :

« Ce gredin de Lapo, écrit-il à son père en février 1507, ne pouvait pas se mettre dans la tête qu'il n'était pas le maître, jusqu'au moment où je l'ai mis dehors. *Je l'ai chassé comme une bête* *. »

Lapo et Lotti se retournent contre leur « maître » en prétendant que c'est lui qui les a volés. Ils répandent si bien la rumeur à Florence que, pour les faire taire, Lodovico Buonarroti finit par les payer.

Quant au fondeur Bernardino, il se révèle incompétent : en juin, la fonte rate. Comme le pape ne sort que « jusqu'à la ceinture », il faut tout recommencer, en prenant sur le sommeil, les repas, astreint à résidence dans un air confiné et puant...

Un jour, Jules II vient voir où en est le travail,

* L'expression « une bête » revient souvent sous la plume de Michel-Ange, hanté par la lecture de l'Apocalypse, où « la Bête » est figurée par le chiffre 666 (« César-Dieu », selon la valeur numérique attribuée aux lettres grecques), désignant la confusion du pouvoir spirituel et du pouvoir temporel. « La Bête » stigmatise tous les êtres que méprise Michel-Ange (apprentis, frères, et jusqu'au pape...).

mettant à l'épreuve « son » artiste sous couvert de plaisanter :

— Cette tienne statue donne-t-elle la bénédiction ou la malédiction ?

— Saint-Père, elle menace le peuple s'il n'est pas sage.

— Et la main gauche, que tient-elle ?

— Un livre, Saint-Père.

— Un livre ? Mais je n'entends rien aux Lettres ! Mets-y plutôt une épée.

Un pape avec une épée ! Michel-Ange suggère qu'il tienne plutôt les clefs de saint Pierre, et Jules, ravi, lui envoie une bourrade de complicité. Il n'a semblé remarquer ni l'insalubrité du logement ni l'amaigrissement alarmant de Michel-Ange, qui fait état de fréquents évanouissements :

> Je vis dans la plus grande incommodité et dans une peine extrême, écrit-il à son frère en novembre, je ne pense à rien d'autre qu'à travailler nuit et jour ; j'ai enduré de telles souffrances, et j'en endure de telles, que je crois que si j'avais la statue à faire encore une fois, ma vie n'y suffirait pas : ç'a été un travail de géant[7].

Le résultat de telles épreuves est navrant : élevée sur la façade de San Petronio en février 1508, la statue sera culbutée sur le parvis dans l'allégresse générale quatre ans plus tard, quand les Bentivogli reprendront la maîtrise de Bologne. Alphonse d'Este, de Ferrare * et ingénieur militaire de renom, décide de racheter les « morceaux du pape ». Il

* Autre État pontifical insoumis.

garde la tête comme trophée, puis fond le corps pour en faire un canon baptisé par dérision *La Giulia*.

Michel-Ange a juste le temps de faire un aller-retour à Florence. Le 10 mai 1508, il note dans ses *Ricordi** :

« Ce jour, 10 mai 1508, moi, Michel-Ange, sculpteur, ai reçu de Sa Sainteté le pape Jules II la somme de cinq cents ducats à valoir sur la peinture de la voûte de la chapelle Sixtine dont j'entreprends la réalisation. »

La commande est aussi surprenante, aussi impensable, pour le peintre qui ignore tout de l'art de la fresque (des *Baigneurs*, il n'a réalisé que le carton), que celle de la statue de bronze. Le Saint-Père s'est-il juré de le rendre fou ?

Apparemment, Bramante est à l'origine du caprice. Inquiet du retour en grâce de Michel-Ange, il a suggéré à Jules II ce projet qui se soldera, il en est persuadé, par un échec.

Michel-Ange fait tout pour décourager l'entreprise :

— Saint-Père, pour un tel ouvrage, Raphaël est beaucoup plus qualifié que moi !

— Buonarroti ! Dois-je entendre que tu préfères décorer une salle de réunion florentine ?

— Votre Sainteté, je n'ai pas peint la fresque, mais seulement son carton !

— Un carton considéré comme l'« École du monde », j'ai mes informateurs. Tu mets en avant

* Carnets de comptes.

Raphaël ? Mais c'est ton élève ! S'il est capable de peindre les *Stanze** du Vatican, ne prétends pas que tu n'es pas à la hauteur de la chapelle pontificale**.

Tout heureux de son calembour, Jules II donne à « son » artiste son anneau à baiser. Autant tendre sa chaîne à un esclave : le plafond de la Sixtine fait cinq cent quarante mètres carrés ! Le récalcitrant n'a plus qu'à s'agenouiller, stupide, devant celui qui lui prend les plus belles années de sa vie.

Au hasard, Michel-Ange marche pour se calmer… un hasard qui le conduit devant le haut portail de la Sixtine, qu'il pousse sans y penser, trébuchant soudain parce que le soleil qui illumine la chapelle l'a aveuglé. Il s'appuie à un pilier, au bord du malaise : devant lui, surplombée par d'immenses fenêtres, l'imposante perspective des quarante mètres de murs décorés à mi-hauteur par des fresques de Botticelli, de Rosselli, du Pérugin et de Ghirlandaio. Vingt mètres plus haut, la voûte en berceau qu'on l'a chargé de décorer.

Michel-Ange lève les yeux vers le plafond clouté d'or, gracieusement incurvé, mais bordé d'écrasants « pendentifs*** » prolongeant de lourds pilastres mal dissimulés par le haut des murs. Un ciel de carnaval ! N'est épargnée qu'une mince bande ne couvrant guère plus du tiers de la largeur (treize mètres).

* Entre avril et septembre 1508, Raphaël peint à fresque la chambre de la *Signature* (une partie de la bibliothèque) des appartements de Jules II.

** C'est dans la chapelle Sixtine, construite entre 1476 et 1480 par le pape Sixte IV au Quattrocento, que sont élus les papes.

*** Triangles obliques permettant à l'architecte le passage du plan carré de la travée (partie de l'église comprise entre les supports) au cercle de la coupole.

Quatre mètres de fresques étouffées par la trivialité d'une charpente qui rappelle au visiteur les côtes et les tibias des morts qu'il disséquait à l'hôpital Santo Spirito !

Michel-Ange est habitué à des associations apparemment saugrenues. Un autre souvenir resurgit : le voici, adolescent, au palais Médicis, pendant un cours de Politien :

— Écoute bien, lui dit son précepteur en se livrant à des grimaces simiesques, « Le corps est un tombeau pour l'âme ». Mais sa beauté, poursuit-il en désignant gentiment le lumineux Pic de la Mirandole, sa beauté, oui, est comme la première marche d'une échelle qui monte au ciel des Idées.

Michel-Ange redresse sa nuque endolorie. Il sort lentement de la Sixtine, la vue brouillée, mais l'esprit clair comme jamais. Il ne marche plus, il court :

— Demandez une audience à Sa Sainteté !

*

Est-ce encore au palefrenier qu'il s'adresse ? Il ne sait plus. Comment est-il arrivé devant l'énorme trône, rouge comme le sang du Christ :

— Très Saint-Père...

Jules II, perplexe, observe « son » peintre qui bégaie à ses pieds, aussi navrant que devant la tablée du palais des Seize.

Et comme ce jour-là, Michel-Ange ne trouve pas les mots. Les associations défilent, « rouge incarnat », « incarnation », « réincarnation »... ! Comment expliquer au pape que c'est la Genèse dont il faut déplier l'histoire sur le plafond de la chapelle, et pas les douze apôtres comme il le prétend ? L'Histoire sainte est une « chaîne » dont les apôtres ne sont que des maillons ! C'est au principe de la chaîne qu'il faut remonter : au monde *ante Legem* à partir de sa création !

Pourquoi éluder le grand commencement dont renaît indéfiniment l'Histoire, comme le suggère le Christ endormi de sa *Pietà* ? Pourquoi occulter le mythe égyptien, grec, hébraïque, du Phénix * ? Michel-Ange connaît par cœur le sonnet qu'il a composé, une nuit d'insomnie :

Le singulier Phénix point ne renaît
s'il n'a brûlé ; et au feu si je meurs,
renaître espère plus clair entre ceux
que la mort grandit et le temps n'offense[8].

Un léger sourire humanise le dur visage du pape. Il pourrait faire chasser l'intrus obstinément muet, le faire rosser par ses écuyers, l'excommunier, convoquer le bourreau pour qu'il le pende sur le champ...

« Bah, si c'était à faire, il l'aurait déjà fait », pense Michel-Ange qui trouve la force de prononcer quelques mots :

— Que Sa Sainteté daigne me pardonner...

Michel-Ange a beau être paralysé de terreur, il

* Oiseau mythique, dont le destin consiste à brûler en regardant le soleil, et à renaître de ses cendres. Léonard de Vinci lui donne la même importance que Michel-Ange. Dans le « bestiaire » de ses *Carnets*, il en fait le symbole de la constance : « Son instinct, écrit-il, lui fait prévoir sa résurrection, aussi supporte-t-il avec intrépidité les flammes ardentes qui le consument, sachant qu'il doit renaître. »

ravale l'idée de pardon : un pardon pour quelle offense ? Il essaie de rassembler ses idées : il est venu dire au Saint-Père que sa peinture de la Genèse sera aussi une résurrection de l'architecture. Il est venu dire que son histoire va illuminer de sa mosaïque de couleurs la bande morne de la voûte. Il est venu dire que les pendentifs, les « tympans * », les pilastres sont comme un squelette privé de peau. Il est venu dire que sa peinture sera cette peau qui donnera un corps à l'architecture...

— Je suis venu annoncer à Votre Sainteté...

« Voilà que je parle comme le Christ, réalise Michel-Ange. En peignant le Créateur à l'œuvre, est-ce que je me mesure à Lui ? »

Il en a le souffle coupé. Tout s'emboîte : les personnages (il les imagine déjà, grouillant sur les affreuses bordures du plafond comme des poils ou des pores) tel un cadre richement sculpté, mais pour quel tableau ! Un espace sacré qu'il ouvre au lieu de le fermer et de le limiter ; un espace idéal dont il est la « première marche » !

Et ce qui grouillera vingt mètres plus bas, autrement dit les « fidèles », ou les « spectateurs », qu'en adviendra-t-il ? Aspirés par ce jeu de l'illusion dans l'illusion, qui projette la réalité tout là-haut, ils vont se dissoudre dans ce qu'ils verront. Ils « revivront », comme l'édifice, à travers leur propre création...

L'homme ordinaire a besoin d'un guide. L'artiste a cette mission, voilà ce qu'il faut dire au pape ! Non, pense Michel-Ange : Jules ne supporterait pas

* Espaces triangulaires ménagés au-dessus des fenêtres entre deux pendentifs.

d'être traité en homme ordinaire, même si, en dépit de son épée, c'est un enfant au maillot…

Je suis celui qui dès tes premiers ans,
guida tes yeux chétifs vers la beauté
qui de la terre au ciel vivants nous mène[9].

« J'aurais pu dédier ce poème à Jules, se dit Michel-Ange. Je vais lui dire la même chose, mais en épargnant sa fierté… »

— Buonarroti ! Buonarroti ? Il dort ! Au nom des douze apôtres, maudit Florentin, nous t'ordonnons d'ouvrir les yeux !

Jules tonne comme le jour où il a fait rouer de coups le malheureux évêque.

Cette fois les mots se bousculent. Pétrifié, Michel-Ange s'entend articuler aussi clairement qu'une équation mathématique :

— Que Votre Sainteté daigne me pardonner : les douze apôtres sont une bien pauvre chose !

Le pape a reconnu l'interlocuteur à sa taille. Il n'a pas besoin d'explication. L'audace de la phrase vaut celle de l'interminable silence qui l'a précédée. Son peintre est irremplaçable, unique, et tout-puissant dans sa partie comme l'héritier du trône de saint Pierre, légat sur terre du Dieu vengeur…

— Alors, Buonarroti, que choisissons-nous en lieu et place des apôtres ?

— Votre Sainteté, s'écrie Michel-Ange, je recréerai le monde.

Jules II a-t-il entendu ? Il tend par habitude son anneau à un homme qui a pris exactement l'allure qu'il donnera à la dépouille de Barthélemy quelques années plus tard. Michel-Ange, violet de confusion, a réalisé trop tard qu'il avait parlé de Dieu à la première personne. Il se remet maladroitement debout, frotte machinalement son chapeau sur ses vieilles bottes...

Pour la fresque, il recevra trois mille ducats. Sans illusions sur ses connaissances techniques, il fait inclure dans le contrat une clause remboursant, outre ses frais, le salaire de cinq « assistants peintres à recruter à Florence ». L'un d'eux est son vieux condisciple Granacci. Les autres ont partagé avec eux l'atelier de Ghirlandaio, à l'exception du jeune Sebastiano de Sangallo * qui poursuit son travail devant *Les Baigneurs*, et se proclame dans tout Florence « disciple de Michel-Ange ».

Jules II a demandé à Bramante de concevoir et de faire réaliser au plus vite dans la chapelle un échafaudage qui puisse tenir des années. L'architecte l'a suspendu à la voûte par d'énormes pitons reliés à l'extérieur par des cordes.

Michel-Ange laisse l'homme détesté diriger les menuisiers pendant des jours, des nuits, et quand il sait l'ouvrage terminé, il entre dans la Sixtine et dénonce devant les ouvriers sidérés l'incompétence de leur maître :

— Vous imaginez les trous dans ma peinture quand on le retirera, votre échafaudage ? Et je les boucherai comment, vos trous, sans échafaudage ?

L'équipe s'esclaffe. Bramante a tout simplement

* Neveu de Giuliano de Sangallo.

oublié qu'il ne s'agissait pas du bâtiment ordinaire, sur lequel on laisse des trous comme la griffe du constructeur !

Michel-Ange en appelle au pape : il faut retirer le malencontreux « tas de bois », et lui substituer une sorte de pont chevillé au niveau de la corniche qui court sur le haut des murs. Il se fait fort de le construire lui-même en moins d'un mois. Ce qu'il fera avec la bénédiction du Saint-Père.

Pour avoir bravé la chaleur de l'été romain qui transforme en fournaise le mince espace entre le « pont » et la voûte, Michel-Ange est pris de malaises qui le tiendront jusqu'en janvier 1509. Il a pourtant réussi à dessiner entre-temps les plans du décor, ses *Lettres* en témoignent (tous les dessins d'ensemble ont été malheureusement détruits ou perdus). Il peut commencer l'exécution des cartons.

La voûte sera divisée en trois parties délimitées par la structure architecturale : les deux premières parties, parfaitement symétriques dans leur contour en zigzag, seront constituées par les pendentifs, et les tympans des côtés, avec dans les angles les immenses *tympans doubles* *. Ces deux parties entoureront, comme un cadre rehaussé de frises dorées, les neuf « Histoires », et n'useront ni du *raccourci* ** ni du trompe-l'œil, qui découperont la bande centrale, plus plate.

Ces Histoires raconteront la Genèse. En com-

* Se rejoignant aux deux extrémités de la voûte.

** Effet de perspective consistant à agrandir les parties les plus proches du spectateur.

mençant par l'Histoire la plus proche de l'autel, elles se succéderont ainsi : *Dieu séparant la lumière des ténèbres* ; *La Création des astres* ; *La Séparation des eaux* ; *La Création d'Adam* ; *La Création d'Ève* ; *Le Péché originel et l'Expulsion du paradis* ; *Le Sacrifice de Noé* ; *Le Déluge* ; *L'Ivresse de Noé.*

En fonction de la perspective, chaque Histoire semblera reculer au fond d'un cadre en trompe l'œil soutenu par de faux piliers. Ces longs piliers délimiteront également les scènes inscrites dans les pendentifs, mais ils seront coupés de minuscules *putti* * supportant de petits piédestaux où seront assis des *ignudi*, également en trompe l'œil. L'échelle des *ignudi* sera généralement supérieure à celle des personnages des Histoires, au point d'empiéter sur leur surface. Ainsi, le bras de l'*ignudo* « honteux » de l'Histoire centrale de *La Création d'Adam* va frôler la cuisse d'Adam, comme s'il disait : « Ève, c'est moi. »

Dans les pendentifs, Michel-Ange décide de peindre, en trompe l'œil comme un second cadre, les sibylles ** alternant avec les prophètes *** de l'Ancien Testament. Ce mélange de paganisme et de religion ne gênera pas un pape féru des antiques, et que le peintre commence à bien connaître. Et puis la *terribilità* des personnages, alternant avec

* Anges sans ailes, ou enfants nus, comme on voudra, représentés par paires. Ils figurent également de chaque côté des prophètes et des sibylles des pendentifs, à la façon des « petits génies » qui nous animent et nous protègent selon Pic de la Mirandole. Pic ne fait que reprendre la thèse du « Daimon » platonicien.

** Prêtresses du dieu Apollon, ayant le pouvoir de prédire l'avenir par énigmes.

*** Le choix est des plus fantaisistes : Jonas, avalé par une baleine sur l'ordre de Dieu, devient prophète !

une clémence qui ressemble à de l'indifférence, ne peut que flatter l'amour-propre de Jules…

On dirait que Michel-Ange veut défier à la fois les textes sacrés et l'infantilisme capricieux de l'héritier du trône de saint Pierre : les prophètes, comme les Sibylles *, auront une expression et des gestes complètement décalés par rapport aux attitudes et à la mission que leur prêtent les mythes antiques, ou la Bible :

Jérémie, annonçant, tel le tonnerre, la destruction de Jérusalem et de la Diaspora ? Michel-Ange le montrera absorbé dans une réflexion qui le coupe radicalement du monde extérieur (il pourrait bien avoir inspiré à Rodin son *Penseur*). Isaïe, prophète de la passion criant malheur aux idolâtres et pleurant sur le sacrifice de l'Agneau qui paiera pour leurs fautes ? Il écoutera distraitement on ne sait quel message. La *Sibylle de Perse* hurlant le triomphe de la Vierge sur la Bête de l'Apocalypse ? Ce sera une femme affaiblie par l'âge, courbée sur un livre dont le sens, manifestement, lui échappe : comme si, tendue vers la page, elle nous confiait tristement : « Ma vue a baissé ! »

Dans les tympans, Michel-Ange se veut moins provocateur. Usant seulement, comme dans les Histoires, du clair-obscur pour figurer le relief, il se contentera d'illustrer les grands épisodes du salut du peuple juif, insistant, dans les tympans doubles, sur les épisodes les plus fameux : *David*

* L'un des rares croquis préparatoires que Michel-Ange n'a pas détruits montre une étude de nu masculin pour la vigoureuse *Sibylle de Libye*…

et Goliath célébrera la victoire sur les Philistins ; *Judith et Holopherne* commémorera le meurtre d'Holopherne, général en chef de Nabuchodonosor ; *Esther et Aman* rappellera le supplice que la reine Esther fit infliger par le roi Assuérus à son ministre Aman, qui voulait anéantir le peuple juif * ; *Le Serpent d'airain*, allégorie de la délivrance des Juifs, préfigurera quant à lui le Jugement dernier.

Tout en bas, dans les *lunettes* en forme de demi-cercle séparant les tympans des fenêtres, se tiendront les « ancêtres du Christ », *Abiam et Joachim*, *Manassé et Amon*..., figures remarquables de l'épopée du Peuple élu absorbées dans la prémonition du monde *sub gratia* (Jésus).

À chaque extrémité du plafond deux énormes personnages, assis dans les pendentifs, focaliseront l'attention du spectateur :

Dans le prolongement exact de l'autel et de la longue médiane parallèles aux bords de la voûte, le « prophète » Jonas, tout juste sorti de la baleine, aura le visage rejeté en arrière et le regard empreint d'une terreur sacrée. Mais on ne s'en apercevra qu'après. Ce sont ses cuisses **, écartées comme

* La figure d'Aman est remarquable parce qu'elle s'inspire, dans sa manière et son sujet, du *Laocoon*, chef-d'œuvre de l'antique célébré par Pline l'Ancien. Le *Laocoon* fut découvert le 14 janvier 1506 par un paysan de l'Esquilin. Michel-Ange était présent lorsque Giuliano de Sangallo reconnut le groupe de marbre. Expression de la tension extrême contre la douleur physique et morale, le *Laocoon* exerça une influence permanente sur son œuvre. Sur la voûte de la Sixtine plusieurs *ignudi*, en particulier l'*ignudi* « surpris » à droite du prophète Isaïe, à l'un des angles du *Sacrifice de Noé*, s'inspirent du *Laocoon*. On retrouve le souvenir du *Laocoon* dans les premiers *Esclaves* du tombeau de Jules II, et dans une figure du *Jugement dernier* située sur sa médiane horizontale, à l'extrême gauche du Dieu vengeur.

** Elles prennent, dans le contexte, un caractère obscène et absurde à la fois, qui provoque un sentiment proche de la *nausée* sartrienne.

deux monstrueuses masses blanches, qui ressortiront d'abord dans la pleine lumière des fenêtres latérales et de celles du fond. L'avancée de ses jambes, incongrue, forcera le regard. Il faudra qu'elles s'inscrivent parfaitement, ces jambes, comme des piliers à part entière, entre les colonnes soutenant la première Histoire (*Dieu séparant la lumière des ténèbres*). Jonas, rejeté par la baleine au troisième jour tel le Christ ressuscité, le doigt pointé vers le Christ de l'autel, méritera alors le statut de prophète !

Point focal de la perspective de la voûte vue du portail, Jonas sera le substitut du peintre, le guide figurant la « première marche » de l'échelle qui mène à l'espace idéal des Histoires. Il sera le pilier d'une Création qui ne s'est pas jouée une fois pour toutes, mais qui se rejoue indéfiniment par la grâce de l'artiste. Il sera « l'œil du monde » que célébrait Marsile Ficin ! Que le néophyte s'en convainque en s'approchant de l'autel. S'il suit du regard la médiane horizontale du rectangle, délimité par le corps de Jonas et la tête du gros cétacé, il y rencontre d'abord l'œil de la baleine (Dieu !), puis le nombril du rescapé… Et si le spectateur tourne légèrement la tête à gauche ou à droite, le nombril de Jonas et l'œil de Dieu deviennent tour à tour le centre d'un tableau, provoquant à la longue un trouble rétinien donnant l'illusion d'un œil alternativement ouvert et fermé *…

* La « chaîne » associative de Michel-Ange évoque irrésistiblement celle de Salvador Dalí au XXe siècle. Pour Dalí, ce type de raisonnement synthétique (à la fois intellectuel et imaginatif), procédant par identifications successives, prend valeur de méthode. C'est la fameuse méthode « paranoïa-critique », exposée dans *Le Mythe tragique de l'Angélus de Millet*.

À l'autre extrémité de la voûte, au-dessus du portail (de sorte qu'il apparaîtra la tête à l'envers au spectateur qui verrait Jonas à l'endroit), un impressionnant vieillard, enveloppé dans une longue robe, attirera le regard par son vêtement où semblent tourner les couleurs primaires (rouge et vert en plis profonds, jaune et bleu en fine bordure). C'est Zacharie, prophète du châtiment, mais aussi de la rédemption, absorbé dans la lecture d'un livre de toutes les couleurs à la fois, ou bien d'aucune : un livre aussi blanc que la lumière sculptant son vêtement, comme sa barbe soyeuse ; un livre où, à la lettre, rien n'est écrit !

Tout sera dit dans ces deux représentations à contempler du portail. Le « point de fuite » (intersection du regard et de la ligne d'horizon) devient soit le nombril de Jonas sur la voûte, soit le centre de l'autel qui s'intègre parfaitement à la perspective. Au début, l'œil, aveuglé, ne verra rien...

L'ensemble « autel-voûte » se dégagera ensuite doucement. Il aura la forme d'une gerbe où l'on distinguera une mosaïque de couleurs et de lumière, la lumière naissant de la couleur ou la couleur de la lumière, en un véritable jaillissement. Comme si l'espace circonscrit par le regard n'était pas solide, mais liquide... On verra un ruissellement de lumière comme sur les falaises de Carrare, un ruissellement où se dissoudront non seulement le plafond, mais les murs. On verra flotter les chefs d'œuvre de Botticelli, de Rosselli, de Ghirlandaio, du Pérugin, irradiant, faisant chanter autrement leurs propres couleurs...

Michel-Ange est en proie à la fièvre créatrice qui le tiendra quatre ans sur son échafaudage. La fontaine de lumière, déjà entrevue devant *Les Baigneurs* (titre décidément à décrypter à la manière de ceux de Léonard de Vinci), c'est aussi l'oiseau d'eau et de feu auquel l'artiste s'est identifié dans ses sonnets : le Phénix, qui figure au nombre des mystères pythagoriciens, rebaptisé « étoile du matin » par le poète Lactance * en hommage au prophète Isaïe et à l'Apocalypse qui en font le messager du Ressuscité...

— Écoute comme c'est beau, Michel-Ange, lui disait doucement Marsile Ficin, sa tunique tachée d'encre et toute froissée comme s'il avait dormi habillé, écoute : le Phénix sort du Nil ** comme une fontaine de lumière, et il rallume le monde. C'est de l'Oiseau que naît l'astre brillant qu'il va fixer jusqu'à en mourir. Alors l'eau boit son éclat, et il retourne au Nil dont il renaîtra « mâle ou femelle, ou bien ni l'un ni l'autre, ou bien l'un et l'autre »...

*

La chaîne des associations s'accélère. Michel-Ange est en proie à ces fréquentes crises que nous appelons aujourd'hui « spasmophilie ». Il cherche

* Le seul chrétien sans doute qu'ait épargné l'empereur romain Dioclétien parce qu'il avait été son professeur de rhétorique. Admiré à l'égal de Cicéron par les Laurentiens, Lactance, né vers 260, est le premier écrivain d'Occident à avoir tenté d'exposer la doctrine chrétienne au cénacle cultivé de Rome.

** Le Phénix est censé naître du « Nil » (jeu de mots sur le « nihil » latin qui signifie « rien »).

son souffle, son cerveau va trop vite : Jonas sortant du poisson, c'est l'oiseau fabuleux, le pilier du monde. Jonas annonce la mort et la résurrection, le doigt pointé sur le Christ en croix. Mais sa tête rejetée en arrière, son regard terrifié disent aussi ce qu'il voit : le ruissellement de lumière de la voûte, là-haut, qui évoque sa propre mort ; et, au sommet de l'échelle réservée aux initiés (les cadres des histoires en figurent les barreaux), bien au-delà de la Création, le livre de Vérité où, dans la logique de l'éternel recommencement, tout *est* rien : un livre blanc parce que c'est le destin du Phénix de mourir pour « rien » !

Par la magie de cette « petite chaîne » qui a tant intrigué Léonard de Vinci, Michel-Ange, ce jour de janvier où il achève le projet de la voûte, « devient » sa création en germe. À la manière de Flaubert s'écriant, des siècles plus tard, « Madame Bovary, c'est moi ! », Michel-Ange écrit à peu près dans une lettre : « La Sixtine, c'est moi. »

Il le montre d'abord en chassant, sans la moindre explication, les peintres qu'il avait fait venir de Florence. Un matin, il fait détruire tout ce qu'ils ont peint, et s'enferme à clef dans la chapelle. Il rentre chez lui à la nuit tombante, quand il les sait découragés dans leur « siège », et se barricade dans sa maison.

Un jour, il s'aperçoit qu'il n'a plus besoin de se cacher : les peintres sont retournés à Florence, profondément blessés.

Michel-Ange traverse alors une crise de découragement : il a visé trop haut, il est indigne de ses divins projets *, s'accuse de « démesure » et considère comme un châtiment justifié l'attitude du pape qui « oublie » de le payer pour la tâche accomplie : « Je suis dans un grand abattement, écrit-il à son père le 27 janvier 1509, il y a maintenant un an que je n'ai pas reçu un ducat du pape ; je ne lui demande rien, parce que mon œuvre n'avance pas assez pour mériter une rémunération. »

Il a gardé deux manœuvres : l'un pour poser l'enduit **, l'autre pour moudre les couleurs. Ils lui ont installé un établi sur le carrelage glacé de la chapelle toujours fermée à double tour, et dont seuls ont la clef le pape et ses envoyés. Le travail peut recommencer…

* Cette alternance d'euphorie créatrice et de dépression accuse à nouveau la parenté que nous suggérions avec le « Divin Dalí ». Sans Gala, sa compagne, Dalí aurait peut-être cessé de peindre. L'extraordinaire, chez Michel-Ange, c'est le chemin accompli absolument seul, avec pour unique garant un « faire » qui avait des éclipses, comme sa parole, comme son comportement qui lui semblait digne « d'un bouffon ».

** Mélange d'eau, de chaux, et de poussière de *tuf* (pierre poreuse née des éruptions volcaniques). Michel-Ange y ajoute de la poussière de marbre pour qu'elle sèche plus vite.

« Une image du cœur »

Michel-Ange a décidé de commencer par le côté de la voûte le plus proche du portail. Or, le centre du portail constitue pour lui, répétons-le, le point de vue royal du futur spectateur. En insistant sur le fait qu'il conçoit la peinture de la voûte comme la transformation d'un espace à deux dimensions en volume, intégrant l'ensemble de la chapelle, on peut, sans extrapolation, conclure qu'il se conduit ici non seulement en architecte, comme il le répète, mais en sculpteur.

Dans ses sculptures, Michel-Ange procède de l'extérieur vers l'intérieur : l'œuvre croît, écrit-il dans un sonnet, « d'autant que la pierre s'évide ». Dans le décor de la voûte, il devrait donc commencer de même, par la périphérie (la base, située au-dessus du portail, de la pyramide dont le sommet est le centre de l'autel). Ce n'est cependant pas tout à fait l'ordre qu'il choisit. Laissant un blanc pour *L'Ivresse de Noé*, il dessine d'abord le carton du *Déluge*, grouillant de personnages sortant nus de l'eau comme dans *Les Baigneurs*. Que l'eau vienne du ciel, où est la différence ? C'est une bataille encore, de la vie contre la mort, à qui sauvera sa peau en repoussant l'autre sur le rivage, loin de la frêle embarcation. Les « lutteurs » sont minuscules, comme dispersés par une tempête. De la pluie torrentielle qui noie le fond émane une sorte de lumière…

Michel-Ange et l'apprenti chargé du plâtre gravissent l'escalier à plates-formes qui conduit au « pont », vingt mètres plus haut. L'enfant pose l'enduit, puis il tend le carton sur le plafond. Au poinçon, puis au charbon, Michel-Ange trace les contours comme onze ans plus tôt, quand il travaillait avec son maître Ghirlandaio aux fresques de Santa Maria Novella. En attendant qu'on broie les couleurs en bas, il fixe le labyrinthe, à ses pieds, et ses jambes vacillent…

Ainsi qu'il le confiera à plusieurs reprises dans ses *Lettres*, Michel-Ange a le vertige. Pourtant le labyrinthe de la Sixtine le fascine. C'est l'un des hauts lieux de la chrétienté, les pèlerins doivent en faire le parcours à genoux pour leur édification et leur pénitence… Oui, mais comment gagner le carré sacré qui suit les six cercles consécutifs (tels les six jours de la Création) du trajet à trouver, sans sauter dedans ? Pour accéder à la spiritualité, il faut sauter d'un espace dans un autre, réfléchit Michel-Ange, comme chez Platon du sensible à l'intelligible. Mais qui peut rendre compte de ce saut ? Il se sent happé par le vide et se redresse avec difficulté…

Rassemblant toute son énergie, le « Divin » est debout, attrapant sans douceur le pinceau que lui tend le garçonnet. Il commence à peindre la tête renversée, la peinture dégoulinant sur son visage, sur sa barbe pointée vers le plafond à trente centimètres à peine de la voûte, le plâtre coulant dans ses yeux. Il ne descendra de l'échafaudage qu'à la nuit, exténué, se réveillant en sursaut pour enfiler hâtivement ses chemises de laine à la lueur d'une bougie, et regagner le « pont » glacial, à l'aube.

Au septième jour, étrange hasard, en remontant sur le « pont », il remarque une moisissure qui suinte en plein centre...

Laissant le gamin en pleurs en haut de l'échafaudage, Michel-Ange redescend les plates-formes, sans souffle, consterné. À nouveau, il se dirige en somnambule vers le palais pontifical, à nouveau il demande audience au pape :

— Encore toi, Buonarroti ?

Michel-Ange est écrasé de honte. Il n'a pas peur des mots qu'il va dire, mais des larmes qu'il a peine à retenir... : surtout, ne pas provoquer le mépris du bouillant Vicaire du Christ...

— Votre Sainteté, je vais parler sans détour, énonce-t-il d'une voix morne. J'ai bien dit que cet art n'était pas le mien...

— N'abuse pas de ma patience, Florentin !

— Votre Sainteté, tout ce que j'ai fait est gâté. Si vous ne me croyez pas, envoyez voir.

Le pape, intéressé tout à coup, envoie chercher Giuliano de Sangallo pour qu'il constate les dégâts. Entre-temps, Michel-Ange est évacué d'un geste dans l'antichambre du palais, aussi glacée que la chapelle.

Sangallo revient moins d'une heure après, souriant, détendu. Il le tire, le pousse vers le trône pontifical :

— Que Sa Sainteté se rassure, tout va bien. Michel-Ange a employé une chaux trop chargée d'eau. Il suffit de laisser sécher, et l'air détruira les moisissures.

Jules II semble à la fois rassuré et courroucé :

— Cherchais-tu une excuse pour ne pas poursuivre ton travail, Florentin ?

Michel-Ange n'en mène pas large quand Jules II lui donne le nom de sa ville, synonyme pour le Pape Soldat d'« alliée de la France ». Encore une fois, il se jette à genoux, encore une fois le pape lui tend par habitude son anneau à baiser…

Le voici en haut de l'échafaudage, avec un Sangallo tout revigoré d'avoir regagné la faveur du Saint-Père :

— Michel-Ange, ajoute une bonne quantité de poussière de marbre à ton mélange pour qu'il sèche plus vite ! Nous ne sommes pas à Florence. La chaux d'ici n'est pas tout à fait la même. Et puis, avec ce vent du nord…

Sangallo n'est pas rentré en grâce, comme il le croit. Sans aucune commande, et ses apprentis l'ayant quitté pour Bramante, il se voit contraint de regagner Florence tandis que Michel-Ange, une fois la peinture sèche et le soleil revenu, rattrape le temps perdu. En moins d'un mois, en oubliant de manger, en dormant à peine, il finit *Le Déluge*, dont la violence latente enthousiasme Jules II :

— Un véritable prodige, mon fils. Comment

as-tu procédé pour suggérer si bien la guerre, toi qui n'as jamais vécu les affres du combat ?

Michel-Ange ne répond pas. Pensif, il désigne son front précocement ridé...

Son cerveau, pour lui, ressemble au chaudron des alchimistes qui transformait la vile matière en or. Une nuit où ses idées bouillonnaient, interdisant le sommeil, il écrit :

Si donc je vis, bien que cendre et fumée,
résistant au feu serai éternel,
car suis frappé par l'or et non le fer[10].

Il est l'Élu de Dieu, mais aussi le réprouvé qui, dans la trivialité du groupe, est frappé de stérilité...

Pensif, Jules II sort de la chapelle. Il songe à Raphaël * qui vit dans un luxe à peine imaginable, avec une femme ravissante, une foule de domestiques et de courtisans, et qui possède son propre atelier... Si Michel-Ange savait se plier, comme lui, à l'hypocrisie du jeu social et aux intrigues de la cour, il aurait la même existence que son nouveau rival...

*

Michel-Ange préfère se contenter d'une sinistre maison de brique, sans rideaux aux fenêtres, avec pour tout mobilier une paillasse et un établi. Sa vie est ailleurs, au milieu de ses personnages. À mesure

* Originaire d'Urbin comme Bramante, Raphaël doit à ce dernier son introduction auprès de Jules II.

qu'ils se mettent à exister, il se sent renaître. Sur sa plate-forme il est le point de fuite du sacré et du profane, l'« Œil » tout-puissant qui allume ou éteint le monde…

Cette existence retirée est son choix. Quand le cardinal Jules de Médicis (futur pape Clément VII), en souvenir de son enfance au palais du Magnifique, lui offre sa protection contre Bramante, Michel-Ange refuse :

— Mais enfin, Michel-Ange, le cardinal Jules peut bien dire tous les mots du monde, ce qui compte, à Rome, ce sont les actes ! Il faut que l'on te voie à ma cour, sinon Bramante et Raphaël auront raison de toi !

Michel observe le fin visage de Jules, son regard empreint de sympathie :

— La bonté du cardinal me touche. Mais il ne saurait m'imposer une vie de distraction incompatible avec ma destinée. Je suis d'un autre univers.

Michel-Ange a trente-quatre ans. Ses poèmes déplorent de brèves passions :

Comme je vivais heureux,
Tant qu'il m'était accordé, Amour,
De résister à ta rage [11] *!…*

Mais qui donc en est le destinataire : un passant dont la beauté l'a troublé ? Michel-Ange ne voit plus personne. Quand il rentre le soir entre ses quatre murs nus, maculé de peinture et de poussière de plâtre, il entend des ricanements : on le croit fou ! Comment ce solitaire, sans cesse menacé, capitaine du navire que lui a donné la destinée, comment ce créateur bouillonnant de la vie qu'il transmet à ses créatures aurait-il le goût, ou le temps, qui permet de consacrer au sexe la part congrue ? Sa sexualité, Michel-Ange la sublime : qui pourrait rivaliser avec les superbes *ignudi*, plus vivants que nature, que la perspective frontale détache au coin des histoires ?

Après avoir usé, dans l'exécution des *ignudi*, du procédé des *cartons retournés* *, Michel-Ange les peint tous différents, dans les diverses postures engendrées par les états de l'âme humaine confrontée à l'inéluctable. Comme les *putti* qui jouent à leurs pieds, ils donnent un sentiment d'innocence, de totale vulnérabilité face à une révélation qui les inquiète, les terrifie, les intrigue, les laisse pensifs.

Initialement, Michel-Ange avait conçu les *ignudi* comme de simples artifices permettant de masquer les changements d'échelle. Et puis la fascination qu'ils ont exercée sur son imagination a eu raison de sa résistance.

Objets du désir du peintre, les *ignudi* sont inaccessibles. Ils sont, à la lettre, une frustration imposée aux sens, une castration de leur créateur.

Et pourtant, Michel-Ange y voit autant d'autoportraits *a contrario*. Ils ont la beauté dont il est

* Ce procédé utilisé seulement pour les *ignudi* qui entourent *Le Déluge*, permettait une parfaite symétrie. C'est du caractère transitoire de cette méthode, et du changement d'échelle dans les deux Histoires qui l'encadrent (*Le Sacrifice de Noé* et *L'Ivresse de Noé*), qu'on a induit l'évidence de la priorité chronologique du *Déluge*.

dépourvu et un corps qui semble de chair et de sang. Mais, par le jeu du trompe-l'œil, ils font tout reculer dans l'illusion : non seulement les Histoires ; non seulement l'hypothétique « spectateur » que le peintre imagine égaré dans le labyrinthe tout en bas ; mais le peintre lui-même, comme chassé du Paradis.

Tel Zacharie devant son livre blanc, tel Jonas, qui ne sera peint que bien plus tard, les *ignudi* appartiennent à « l'autre univers » qu'évoquait de façon présomptueuse le « Divin » dans sa conversation avec le cardinal Jules de Médicis. Ce monde-là est seulement suggéré par le « beau corps », symbole sensible d'une Vérité purement intelligible, mais aussi écran énigmatique qui exclut le peintre.

Comme le Phénix, en dépit de leurs muscles saillants et de leurs phallus bien présents, les *ignudi* sont « mâles et femelles à la fois, ou bien ni l'un ni l'autre, ou bien l'un et l'autre ». Même si Michel-Ange leur ressemble, dans sa façon d'être à la fois le « père » qui les ensemence et la « mère » qui en accouche, il se voit relégué par leur regard étrange dans un « entre-deux-mondes », tel l'ange aux ailes coupées qu'il représentait dans la mystérieuse *Madone de Manchester*.

Dans un sonnet à Cavalieri, bien plus tard *, Michel-Ange formulera de façon très claire cet angélisme qu'il ne fait qu'entrevoir en 1510-1511, et qui remonte aux fondements de la mythologie grecque :

* Vers 1540.

Que ne me suis-je, par un heureux sort,
tandis que Phébus embrasait le mont,*
envolé du sol, quand je le pouvais,
avec ses ailes pour trouver douce mort.

Or l'ai perdu (...)
Ses plumes furent mes ailes, le mont
mes gradins, Phébus lampe à mes pas[12]

Pour l'instant, Michel-Ange s'échine à peindre les trois cents personnages qui peuplent son imagination :

— Il te faudra quarante ans ! a dit l'ami Granacci, en haussant ses larges épaules, le jour où, après avoir pris congé, il est retourné à Florence.

*

Pour peindre la moitié de la voûte, Michel-Ange ne mettra qu'un an et demi. Contre le vertige, l'un des apprentis a construit d'après ses plans une nouvelle plate-forme qui lui permet de travailler assis, à quelques centimètres du plafond, la bouche ouverte pour retrouver son souffle... comme s'il avait le pouvoir de manger ses créatures à la manière du dieu dévoreur de l'Égypte ancienne ! La position est une véritable torture : la nuque tordue, les genoux

* Allusion à la légende d'Hélios-Phébus (le soleil) fondateur de toute la mythologie antique. On en trouve la narration détaillée non seulement dans les *Métamorphoses* d'Ovide (où il est question d'un Déluge d'où renaîtra un nouveau monde) mais dans le *Timée* de Platon : Phaéton, fils naturel de Phébus, brave l'interdit de son père et emprunte le char du Soleil, provoquant un cataclysme universel comparable au mythe de la Chute, dans la Bible.

ramenés sur le ventre, Michel-Ange se protège comme il peut de la poussière de marbre…

Un matin, Michel-Ange essaie vainement de lire une lettre de Buonarroto. Il ferme les yeux, les rouvre sur une sorte de brouillard… Non seulement son dos s'est voûté et son ventre avachi, non seulement son visage s'est creusé de sillons précoces, mais, dans la pleine maturité de son art, il est en train de devenir aveugle !

Le voici à nouveau prostré et meurtri. Dans une lettre de 1510 à son père, il accuse de sa cécité, heureusement passagère, l'un de ses aides dont l'incompétence le rend « malheureux comme une bête »…

C'est l'époque où il compose ce sonnet magnifique, accompagné d'une caricature le représentant au travail. Il le dédie à son ami Giovanni de Pistoia *. Son ironie décapante fait penser à celle d'un François Villon :

À faire ce travail, il m'est venu un goître,
comme l'eau fait aux chats en Lombardie
ou en tout autre pays qui soit, et, par force,
mon ventre pointe vers mon menton

Ma barbe rebrousse vers le ciel, mon crâne s'appuie sur ma bosse,
et ma poitrine est devenue semblable à celle d'une harpie,
cependant que mon pinceau, s'égouttant sur ma figure,
l'a couvert d'un somptueux carrelage.

Les lombes me sont rentrés dans la panse,
et par contrepoids mon cul est devenu l'échine.
Mes pas vont au hasard, sans être guidés par mes yeux.

* Peintre originaire de Pistoia, près de Florence.

Par-devant, ma peau s'allonge, par-derrière,
à force d'être plissée elle se ratatine,
et je me tends comme un arc de Sorie.

C'est à cause de cela que mon jugement,
fruit de mon intelligence, jaillit, fallacieux,
et erroné, car on tire mal avec une sarbacane tordue.

Désormais, Giovanni, défends ma peinture
morte et mon honneur, car je me trouve
ici en un lieu qui ne me convient guère,
et je ne suis pas peintre[13].

En septembre 1510, le reclus est abîmé dans la contemplation du torrent lumineux qui jaillit de son plafond où tournent les couleurs, encore si douces *, irradiant des corps nus... Enfin, la première moitié de voûte est achevée !

*

Avant de repartir en campagne, Jules II a béni son travail, exigeant que la demi-œuvre de « son » peintre soit immédiatement révélée au public. Toute sa cour, tous les artistes sont accourus. Raphaël, excellent imitateur, n'a pas hésité à copier ses prophètes et ses sibylles dans son décor à fresque de l'église della Pace. Bramante a alors essayé de lui faire allouer l'autre moitié de la voûte, mais le pape refuse la proposition imbécile : le génie de Michel-Ange l'a conquis.

* Qu'on pense à la robe bleu tendre de Dieu dans *La Création d'Ève* !

Michel-Ange descend lentement de la plate-forme. À trente-cinq ans, il en paraît dix de plus. Il va prendre un peu de repos avant d'entreprendre le voyage à Bologne pour obtenir du Saint-Père l'argent indispensable : il faut payer les ouvriers qui vont déplacer l'échafaudage, mais il n'a plus le moindre ducat pour subsister ! Ses lettres, écrites de 1509 à 1512, font état de l'exploitation perpétuelle dont il est l'objet de la part de sa famille :

Son frère Buonarroto, employé à la banque Strozzi, harcèle Michel-Ange en prétendant que c'est lui le débiteur. Son frère Giovan Simone s'est fait offrir un fonds de commerce ; son frère Gismondo lui doit les terres qu'il laisse en friche près de Florence... Ils ne lui en savent aucun gré et continuent à réclamer, allant jusqu'à puiser de façon éhontée dans le capital que Michel-Ange a laissé dans une banque florentine. Ils multiplient menaces et invectives : rien n'y fait.

En janvier 1509, Michel-Ange écrit pourtant à Giovan Simone qui, à trente ans passés, était allé jusqu'à brutaliser son père pour lui soutirer de l'argent : « (...) maintenant je suis certain que tu n'es plus mon frère ; car si tu l'étais, tu n'aurais pas massacré mon père. *Tu es plutôt une bête, et je te traiterai comme une bête...* »

Deux mois après, tel un Dieu vengeur, il récidive : « (...) je suis homme à mettre en pièces dix mille de tes semblables si cela est nécessaire. — C'est pourquoi sois sage ! » À l'automne, il écrit à Gismondo : « Il y a bien peu de temps que j'ai les moyens de manger à mon gré. Cesse de me causer des tourments ; car je ne pourrais plus en supporter une once. » Puis c'est au tour de Buonarroto enfin, son préféré, celui dont il partageait le lit pendant son adolescence : « Je voudrais bien savoir si tu tiens compte des deux cent vingt-huit ducats que tu m'as pris à la banque de Santa Maria Nuova, et de bien d'autres centaines de ducats que j'ai envoyés. *Tu ne m'as jamais connu, et tu ne me connais pas* (...), *mais tu ne le reconnaîtras que quand tu ne m'auras plus.* »

*

À Bologne, où il séjourne par éclipses, Jules II est bien en peine de donner le moindre ducat à Michel-Ange : il est en pleine campagne contre Ferrare, qui lui inflige une défaite cuisante en mai 1511, l'obligeant à quitter Bologne précipitamment.

De retour à Rome, le Vicaire du Christ décide d'organiser aussitôt le concile de Latran qui doit se tenir en 1512. Mais le champ de bataille semble avoir eu raison de sa santé. Atteint par la malaria, on le dit mourant... C'est bien mal le connaître : véritable force de la nature, il se rétablit en quelques jours, bernant tous les cardinaux d'Italie réunis à Rome en vue d'élire un nouveau pape...

Les travaux de la Sixtine ont pourtant repris en février 1511. En janvier, Jules II a réussi à prendre sur son temps et sur les finances destinées aux soldats : une somme a été allouée à Michel-Ange. Elle s'avère suffisante pour l'érection de l'échafaudage, mais le peintre ne cesse de déplorer ses problèmes de trésorerie concernant l'achat des couleurs et du matériel, le salaire de ses deux aides... et sa propre nourriture.

Un an et demi pour peindre la première moitié de la voûte, un temps sensiblement égal (de février à octobre 1512) pour terminer l'ouvrage, à raison de dix-sept heures de travail par jour. Le commun des mortels applaudit, incrédule devant la rapidité de ce travail de titan.

Or, le 31 octobre 1512, jour où Jules II dévoile la voûte au public, Michel-Ange est au désespoir :

— L'œuvre n'est pas finie comme je l'aurais voulu, confie-t-il à son biographe Condivi. J'en ai été empêché par la hâte du pape.

Et pour cause... pendant qu'il peignait, le pape n'a cessé de le déranger, montant sur le « pont » par une échelle à chevilles réservée à son seul usage. Alors Michel-Ange devait lâcher son pinceau, essuyer comme il pouvait ses mains sur ses chiffons, et tendre une pogne nauséabonde au vieil homme, pour l'aider à accéder à la plate-forme :

— Enfin, Buonarroti, tu n'as pas encore fini la chapelle ?

— Hélas non, Très Saint-Père !

Jules ne s'extasie pas devant les coloris plus soutenus, les nuances exquises, ou l'audace du dessin. Sans même remarquer que, dans *Le Péché originel et l'Expulsion du paradis*, le serpent est une femme, il maugrée :

— Maudit Florentin !

Michel-Ange peint le geste sublime d'Adam, les

doigts à tout jamais séparés de la main divine, et Jules ne voit rien. Michel-Ange s'épuise dans le mouvement tournant des trois étapes de la création du monde, il ose enfanter Dieu émergeant du fond de l'espace et du fond des temps... et Jules ne voit rien.

Michel-Ange a baissé le ton, il parle à l'oreille de Condivi en lui faisant promettre de ne pas ébruiter ce qu'il murmure :

— « Dieu a créé l'homme à son image », me disait Marsile Ficin... Si tu réfléchis bien, petit, tu comprendras le sens profond de la formule biblique : « L'homme *est* Dieu », voilà ce qu'elle nous dit.

— Comment veux-tu que j'écrive un tel blasphème dans ma *Vie de Michel-Ange* ? sourit gentiment Ascanio Condivi, promenant sur Michel-Ange le regard faussement rêveur des grands myopes...

— Sous mon pinceau, Dieu prenait les traits d'un beau vieillard, il devenait humain, si humain... et Jules ne voyait rien ! Il pensait à autre chose, se reprend Michel-Ange. Au danger bolonais, au danger français, à l'Espagne, à l'empereur. Il ne pouvait pas se battre sur tous les fronts ! Et puis il approchait des soixante-dix ans, il sentait ses forces l'abandonner... avec ses ducats ! À son retour de Bologne, on disait qu'il avait gagé sa tiare contre quarante mille ducats...

Un après-midi, le pape arrive plus tôt que de coutume, faisant sonner sur le carrelage de façon alarmante sa canne ouvragée. Manifestement hors de lui, il manque plus d'une fois tomber de l'échelle qu'il gravit comme un forcené, entortillé dans son vêtement somptueux telle une poupée de carnaval :

— Quand aurons-nous terminé cette chapelle, Florentin ?

Jules ne parle pas, il gronde *comme une bête*, promenant sur « son » peintre un regard méprisant...

— J'aurai fini quand je le pourrai, répond sèchement Michel-Ange en négligeant les formules d'usage.

— Quand je le pourrai ! Quand je le pourrai ! explose le pape en parodiant la voix de Michel-Ange.

— Quand Je le pourrai ! conclut-il en abattant sa lourde canne sur l'épaule du récalcitrant...

Les deux hommes se toisent, comme foudroyés par leur mutuelle *terribilità*. Sans un mot, Michel-Ange désigne au Saint-Père la première marche de l'escalier.

Jules II, rouge de colère, lâche, en hurlant :

— Tu apprendras, Florentin, que ce n'est pas toi le maître. Tu veux que je te fasse jeter en bas de ton échafaudage par mes courtisans ? File, et que le diable t'emporte !

Le Vicaire du Christ vient de répéter presque textuellement les mots dont il a accablé l'évêque du palais des Seize. On a retrouvé l'infortuné prélat tout saignant, à demi nu... encore une chance que, dans l'euphorie générale, on ne l'ait pas pendu à la fenêtre.

— Alors, continue doucement Michel-Ange à

l'adresse de Condivi, blessé dans ma fierté, et craignant pour ma vie, j'ai dégringolé l'échelle, et couru chez moi pour rassembler quelques effets et rejoindre Florence au plus vite...

— Mais comment es-tu sorti sain et sauf de l'affaire ? Tu n'as pas quitté Rome !

— Non. Arcusio, l'envoyé du pape, tu sais, ce jeune Apollon auquel il ne refuse rien, Arcusio donc frappe à ma porte et me tend cinq cents ducats en me transmettant les excuses du Saint-Père !

— Alors ?

— Alors j'ai cédé. J'ai pris ma plume, et j'ai écrit à mon père que j'étais en train de terminer la chapelle, que le pape était content, et que notre époque était peu propice aux arts.

Le pape fait démolir le « pont ». Il a décidé de célébrer la messe dans la Sixtine le jour de la Toussaint.

Il a bien suggéré, après la disparition de l'échafaudage, que Michel-Ange rajoute là-haut un peu d'or comme c'est la coutume : la chapelle où sont élus les papes ne doit pas sembler pauvre...

— Saint-Père, a répondu familièrement Michel-Ange, guère enthousiaste à l'idée de reconstruire le « pont », les hommes de ce temps-là étaient des saints, et les saints méprisent les richesses !

*

La veille de la Toussaint, tous les dignitaires en habit de cérémonie sont massés devant l'autel pour l'inauguration, aussi admiratifs, aussi myopes que l'illustre Condivi.

Du portail, ils y verraient peut-être plus clair, à moins que leurs préjugés ne les aveuglent comme la fontaine lumineuse quand on vient du dehors…

Sur la médiane qui monte du centre de l'autel, tout en haut de l'échelle de la Création, tout en haut de la ligne qui va du nombril de Jonas au front calme de Zacharie penché sur le livre blanc, que discerne t-on ? Minuscule, mais bien réel, lumineux oserait-on dire, le phallus en érection de l'un des fils de Noé.

Alors, que contemple tout en bas Jonas terrifié ? Est-ce le Créateur qui émerge de la nuit juste au-dessus de sa tête ? Est-ce cet organe scandaleux, jamais représenté ni avant ni après dans une église ?

Le visage tourné vers les fidèles, assis sur un piédestal à gauche du prophète Daniel (l'annonciateur du Royaume de Dieu), un *ignudo* « surpris » nous prend à témoin, dans la pose parfaite du voyeur.

« Cette œuvre est vraiment le flambeau de l'art moderne », déclare le plus sérieusement du monde le biographe Vasari. Évitons les jeux de mots douteux : l'extraordinaire plafond de la chapelle est un labyrinthe qui réinvente à sa façon celui du pavement de marbre : six jours, auxquels s'ajoute le cycle incongru de la triple histoire de Noé. L'œil s'habitue, le « parcours » se met en mouvement comme un jeu éblouissant de la forme et du fond…

Où est le sacré ? Où est le profane ? Le sexe en érection est-il synonyme de notre rédemption ou de notre damnation * ? Quel est le sens du livre blanc ? Autant de questions à adresser aux sibylles impavides, aux prophètes pensifs : Michel-Ange pose une énigme, autrement dit une question admettant une infinité de réponses ou bien aucune. Il nous oblige à sauter dans l'inconcevable de la pure spiritualité ou de la « pure Idée » platonicienne, celle qui ne saurait exclure de l'amour des « beaux corps », première étape initiatique, ce phallus qui dit peut-être, au-delà de l'homosexualité latente de *L'Ivresse de Noé*, l'aspiration à l'androgynie originelle.

Le jaillissement lumineux qui « dissout les murs du Temple ** », Michel-Ange en fera le symbole de toute son œuvre. Il le dit, le répète : ce qu'il propose, c'est une *image du cœur* – rebelle à notre entendement.

Freud répondrait peut-être que Michel-Ange a suggéré, avec des siècle d'avance, la lutte antédiluvienne de l'instinct de vie et de l'instinct de mort...

* Le visage de l'*ignudo* « surpris », celui de Jonas n'incitent guère à croire à une simple provocation de l'artiste...

** Exigence formulée dans l'Apocalypse : dans la Jérusalem messianique, il n'y aura plus de temples.

La malédiction des tombeaux

À l'automne 1512, Michel-Ange ne songe guère au repos. Il n'en a pas le temps, enfin, il va pouvoir sculpter ! C'est l'un des seuls moments de bonheur que lui permettra la destinée. Il retourne au marbre entassé depuis plus de six ans dans l'atelier de la place Saint-Pierre, évalue les blocs… Sur son étude pour la *Sibylle de Lybie* figuraient déjà plusieurs esquisses des *Esclaves* prévus à la base du monument…

« Je vais bien, déclare-t-il, sans autre commentaire, dans une lettre adressée à son père, et je travaille. » Pas un mot sur la mort de Jules II en février 1513.

Michel-Ange a été profondément affecté par la disparition inattendue de cet homme qui lui ressemblait. Il lui faudra des années avant qu'il puisse évoquer le souvenir du pape aux colères effrayantes et au regard narquois comme celui d'un enfant.

— Giorgio, déclarera-t-il presque un demi-siècle plus tard à un Vasari interloqué, tu me fatigues avec ta généalogie du Christ. Si nous parlions de son Vicaire ? C'est tout de même à lui que tout remonte...

— Que veux-tu dire, Michel-Ange, interroge doucement son ami, tu ne vas pas prétendre que Jules II était la réincarnation de Jésus ?

— Mais non ! Je parle de la voûte de la Sixtine. C'est tout de même Jules qui l'a décidée, même si nous n'étions pas d'accord sur le sujet... Et quel tempérament ! Je prévoyais ses moindres humeurs, et j'en riais, je l'aimais tant !

Le sculpteur déteste les épanchements. Il se lève, et sur un sourire amical au minuscule biographe qui l'agace parfois, lorsqu'il joint les mains, les yeux baissés comme s'il s'adressait à Dieu en personne, il s'esquive subitement, les yeux pleins de larmes.

*

Sur son lit de mort, Jules II a pourtant mis en place ce que Michel-Ange déplorera comme sa propre damnation : il a en effet chargé ses exécuteurs testamentaires, les cardinaux Lorenzo Pucci et Leonardo Della Rovere (neveux de Sixte IV), de remettre à l'artiste dix mille ducats. Une somme énorme, et fort bienvenue pour celui qui va enfin pouvoir s'acheter un atelier à sa mesure. Mais voilà, les dix mille ducats ne récompensent pas seulement les années passées sous la voûte de la chapelle Sixtine... mais aussi l'exécution du tombeau ! Les deux prélats ont juré au mourant de veiller à l'exécution du monument dans les sept années qui suivent sa disparition... L'échéance poursuivra Michel-Ange comme une malédiction jusqu'à la fin de sa vie.

Pour tenter d'oublier le poids du testament, Michel-Ange s'achète, dans le quartier du Macello dei Corvi *, près du Forum Trajan, la vaste maison avec un jardin où il vivra jusqu'à sa mort. Il la meuble confortablement, fait venir de Florence le linge le plus précieux, engage des domestiques, se fait servir des soupers fins...

La rumeur fait du « Divin Michel-Ange » une légende qu'il joue à entretenir. Qui se souvient alors du pauvre hère qui sortait en vacillant de la chapelle, quasiment « moisi » ? On murmure que le sculpteur circule tel un prince sur un magnifique étalon, enroulé dans un manteau de satin couleur d'horizon...

En fait, Michel-Ange vit reclus au milieu de ses chats, de ses poules, et dans la compagnie de ses trois assistants florentins. Il est absorbé dans la sculpture des blocs de marbre qu'il a fait acheminer de la place Saint-Pierre en vue de l'exécution des quelque quarante personnages qu'il imagine sur le tombeau.

Un peu plus tard, mesurant l'énormité du travail, il engage les sculpteurs, les fondeurs, les charpentiers qui s'échineront, de l'aube au crépuscule, à édifier sous sa direction, dans la cour de la maison,

* Quartier encore semi-rural, près du Forum Trajan. Le Macello dei Corvi n'existe plus, mais les gravures d'Étienne du Pérac (milieu du XVIe siècle) en donnent une idée très précise.

la façade du tombeau. La seule exécution des personnages lui prendra des années !

Entre mai 1513 et juillet 1516, il achève d'abord *L'Esclave révolté* et *L'Esclave mourant*, directement inspirés par les *ignudi* de la Sixtine, exprimant chacun une attitude face à la mort. Grandeur nature, *L'Esclave mourant* aux muscles à peine apparents, aminci encore par l'élégance de sa pose, semble s'abandonner déjà à la douceur du fleuve Léthé du *Paradis* de Dante. Massif, plus grossier dans son exécution, *L'Esclave révolté* n'est pas sans rappeler la résistance désespérée du *Laocoon*.

Le *Moïse*, d'une taille encore supérieure à celle du *David*, et nettement inspiré du *Saint Jean Évangéliste* de Donatello, est vibrant de la *terribilità* du plus grand des prophètes. Il incarne à la fois la volonté, le génie, mais aussi le pouvoir ; à lui le privilège de transmettre au commun des mortels les Tables de la Loi qu'il tient précieusement sous le bras. L'élection divine l'apparente au tout-puissant Révélateur de l'Apocalypse, à l'intraitable Jules II, à l'indomptable Michel-Ange, au fascinant Magnifique, mais aussi à cette héroïque République de Florence, théâtre d'une tragédie toujours reconduite, que le sculpeur rapproche de la Jérusalem céleste... Assis, *Moïse* mesure plus de deux mètres. Il faudra des jours, des nuits tout juste éclairées par la chandelle debout sur le chapeau de papier, pour définir les lignes de force de la statue, équilibrer les points saillants du bloc qui feront ressortir le mouvement dans l'immobilité...

Parfois, Michel-Ange quitte le chapeau improvisé, il s'allonge dans la poussière blanche, et, entre veille et sommeil, il imagine un Moïse au visage taillé à coups de serpe comme celui du Pape Soldat, jetant l'anathème sur Florence, chassant Soderini et les membres de la Seigneurie tels les adorateurs du veau d'or, mettant en place un nouveau Conseil présidé par le cardinal Jules de Médicis *...

Quel changement ! Michel-Ange s'est assis dans le jardin, sa bougie à la main : il revoit le gros Léon X (Jean de Médicis), tout juste élu par le concile, si totalement ridicule sous la triple tiare. Ballotté sur son cheval, il a manqué tomber sous l'arc de triomphe élevé par la colonie florentine. Le premier pape Médicis ! Si jeune (à peine trente-huit ans) et déjà si laid !

Michel-Ange faisait partie de la suite du souverain pontife. Un remarquable « modèle vivant », Léon X ! S'il avait osé... Le souverain pontife était descendu maladroitement de son cheval et s'était écroulé, hilare, sur le trône du Latran !

Et ses festins dignes des empereurs romains ! Le sculpteur y a croisé un Raphaël hagard, les cheveux précocement blanchis... À la mort de Bramante, en 1514, le malheureux peintre s'est vu confier, avec Giuliano de Sangallo, la poursuite de l'édification de Saint-Pierre. Les murs de Bramante présentent de telles fissures qu'il faut sans doute creuser jusqu'à leurs fondations... L'infortuné « favori du prince » n'y connaît rien en architecture... Abandonnant les

* Bâtard de Julien de Médicis, le défunt frère de Laurent le Magnifique. Il deviendra pape sous le nom de Clément VII. Entre-temps son cousin Jean (le pape Léon X, qui prend la succession de Jules II) l'a fait légitimer par bulle pontificale.

Stanze, et traité comme une marionnette par le Maître des Maîtres, il doit honorer ses fêtes, donner son avis sur les manuscrits rares que ses envoyés prétendument aussi cultivés que ceux du Magnifique font dénicher aux quatre coins du monde...

*

Léon X n'est ni sot ni méchant, se dit Michel-Ange. Mais l'homme qui détient le pouvoir, à trente-deux ans à peine, c'est son cousin, le cardinal Jules... Autrement intelligent, lui ! Pas si mal pour le fieffé tombeau : il vient de chasser de son duché Laurent d'Urbin *, héritier de Jules II ! Le cardinal Jules a la diplomatie d'un Machiavel : le gentil Julien de Nemours **, fils cadet du Magnifique, tout indiqué pour prendre la succession du gonfalonier Soderini, déplacé comme un pion sur un échiquier, est donc fait « comte de Rome » ! Quelle mascarade ! Dangereux à Florence, Julien ! Il a la noblesse de son père, les Florentins l'adorent... À sa place, Laurent, fils de cet imbécile de Pierre, et autrement plus manipulable que Julien, est promu gonfalonier de Florence !

— Le cardinal Jules a de la sympathie pour moi, conclut Michel-Ange. Léon X, aussi, même si je ne suis pas comme lui un apôtre d'Épicure. Mais il est enivré par le pouvoir, et mécontent que la gloire

* Fils aîné de Pierre de Médicis, il naît en 1492 et meurt prématurément en 1519. Sa fille Catherine sera reine de France.

** Julien de Nemours, né en 1479, ne vivra pas beaucoup plus longtemps que Laurent d'Urbin. Il meurt en 1516.

m'ait été offerte par son prédécesseur. Si son intention était de faire de moi son valet, comme il y a contraint Raphaël ?

Il vient de recevoir, de son ami vénitien Sebastiano Del Piombo *, une lettre qui n'augure rien de bon :

« Quand le pape parle de vous, écrit-il à Michel-Ange, il semble qu'il parle de l'un de ses frères ; il a presque les larmes aux yeux. Il m'a dit que vous avez été élevés ensemble, et il proteste qu'il vous connaît et qu'il vous aime : *mais vous faites peur à tous — même aux papes.* »

Léon X semble vouloir domestiquer jusqu'à Léonard, que Julien a fait installer au Belvédère. Il lui commande son portrait, qui ne vient pas.

— On dit que Vinci expérimente de nouveaux pigments, prétend un apprenti.

— Mais non, ses machines sont grippées, ricane son voisin, voilà tout !

— Il a la malaria, assure un troisième en haussant les épaules, fataliste.

En fait, Léonard, profondément impressionné par la voûte de la Sixtine, même s'il déplore la « dramatisation [14] » de Michel-Ange, a décidé de parfaire ses connaissances en anatomie et il se livre tranquillement aux joies de la dissection à l'hôpital Santo Spirito.

La nouvelle met le Saint-Père en fureur. Il menace d'excommunication le génie septuagénaire, le

* Peintre vénitien, de dix ans son cadet. Il devient célèbre en 1519 par son *Portrait de Christophe Colomb*, qui figure encore aujourd'hui aux États-Unis sa représentation quasi officielle.

couvre de honte en moquant à la cour son « inadaptation * »...

Michel-Ange est inquiet, à juste titre : les héritiers de Jules II, dont l'ex-duc d'Urbin, sont des Della Rovere... Il sent l'imminent blâme pontifical et déploie une activité sans frein. Il a envoyé un expert à Carrare pour choisir et faire acheminer les énormes blocs dans lesquels il va tailler les *Victoires*, et acheté plusieurs tonnes de cuivre pour la frise : il faut achever le tombeau dans l'année !

En janvier 1516, à son retour de Bologne où ses défaites successives l'ont contraint à signer un traité de paix avec François Ier (assisté comme par hasard par les mercenaires des Della Rovere), Léon X illustre les plus angoissantes prémonitions du sculpteur. Un projet de revêtement de la façade de l'église San Lorenzo, église paroissiale des Médicis construite par Brunelleschi, est mis au concours, et remporté non seulement par Michel-Ange, mais aussi par Jacopo Sansovino **, Giuliano de Sangallo et Baccio d'Agnolo ***.

Dans une lettre, Sansovino reproche violemment à Michel-Ange son attitude douteuse visant à éliminer ses rivaux. Elle incite à penser que le « Divin », fermement décidé à travailler seul,

* Dans la plus totale indifférence, Léonard finira par quitter Rome en 1517, invité par la France. Nommé « premier peintre du roi de France », il mourra dans les bras de François Ier deux ans plus tard, à l'âge de soixante-quinze ans.

** Figure importante de la sculpture et de l'architecture florentines.

*** Graveur et architecte florentin de grand renom. Élève d'Antonio de Sangallo, dit « l'Ancien », il dirigea la restauration du Palazzo Vecchio et de la Salle du Conseil de la Seigneurie, et fut chef de chantier de la construction du Dôme entre 1508 et 1510.

n'était pas toujours aussi intègre que le prétendront ses biographes. En octobre 1516, la mort de Giuliano de Sangallo ne laisse comme dernier « concurrent » que Baccio d'Agnolo. Michel-Ange balaie, comme un jouet sans importance, la maquette de son aîné :

— Puéril ! se borne-t-il à ricaner, savourant le bon mot.

« Je veux faire de cette façade une œuvre qui soit un miroir de l'architecture et de la sculpture, pour toute l'Italie », écrit-il.

Apparemment, il a complètement oublié, dans l'euphorie d'un projet aussi grandiose, l'« obsession lugubre » de la sépulture de Jules II !

Il part sur-le-champ à Carrare pour surveiller l'extraction d'un nombre impressionnant de blocs qui doivent permettre non seulement d'habiller la façade, mais aussi de sculpter le reste du tombeau.

Il y passe plus d'un an, brutalement rappelé à l'ordre par une lettre de février 1518 du cardinal Jules de Médicis qui l'accuse ouvertement de s'être fait « acheter » par les Carrarais :

« Quelque soupçon a été éveillé en nous que vous ne soyez du parti des Carrarais par intérêt personnel et que vous ne vouliez déprécier les carrières de Pietrasanta (...) Sa Sainteté veut que le travail soit entrepris avec les blocs de Pietrasanta, et nul autre. »

Michel-Ange est assurément un ami personnel du marquis de Carrare. Mais la question n'est pas là : il n'y a pas de route pour aller à Pietrasanta !

— Il suffit d'en ouvrir une, répondra sèchement le cardinal Jules.

Fort bien reçu au Vatican à son retour, Michel-Ange n'a pas eu besoin d'explication quand le prélat a pris la parole au lieu du souverain pontife : Pietrasanta fait partie des carrières florentines, on n'aura pas à payer le marbre, mais seulement la main-d'œuvre...

*

Les épreuves se succèdent. Le marquis de Carrare refuse de donner le marbre déjà extrait de ses carrières ; une fois la route construite jusqu'à Pietrasanta, et l'extraction menée avec infiniment de difficultés * les barges n'arrivent pas à Florence... Les carriers, les mariniers se soutiennent entre eux. C'est déjà une sorte de grève avant l'heure, destinée à soutenir un monopole :

« Les Carrarais ont acheté tous les patrons des bateaux... Je dois aller à Pise (...) Les barques que j'avais louées à Pise ne sont jamais venues. Je crois qu'on m'a joué : c'est mon lot en toutes choses ! », écrit Michel-Ange à son domestique et ami Urbino, au printemps 1518.

Pour tuer le temps, il agrandit sa maison de Florence, apprend à Buonarroto à tenir un livre de comptes...

Le 10 mars 1520, le cardinal Jules, excédé, fait convoquer le sculpteur au palais Médicis. L'atmosphère est triste, les deux hommes se retrouvent au

* On imagine mal l'extraction à même la falaise vierge, sans plates-formes, sans paliers...

sortir de la chapelle Benozzo Gozzoli où le cardinal a célébré une messe de requiem pour le jeune Laurent d'Urbin, mort l'année précédente d'un refroidissement à l'âge de vingt-sept ans, trois ans après son cousin Julien de Nemours. Les Médicis n'ont plus aucun descendant légitime pour les représenter.

Le cardinal a le visage figé, la voix glaciale. Sa longue silhouette se découpe, majestueuse, indifférente, sur le parvis maintenant désert :

— Je dois assurer le gouvernement de Florence, et cet instant me coûte un temps précieux. En deux mots : Nous avons pris la décision de résilier votre contrat de 1518 pour la façade de San Lorenzo.

Le pape s'est déjà éloigné, un groupe de courtisans efficaces interdit tout contact direct avec lui... Quatre ans de perdus ! Et les héritiers de Jules II qui le talonnent !

Je ne compte pas au cardinal les trois ans que j'ai perdus ici. Je ne lui compte pas que je suis ruiné par cette œuvre de Saint-Laurent. Je ne lui compte pas le très grand affront (...) Cela peut se résumer ainsi : le pape Léon reprend la carrière avec les blocs taillés ; il me reste l'argent que j'ai en main : cinq cents ducats et l'on me rend ma liberté[15].

Michel-Ange regagne sa demeure florentine, effondré, se haïssant lui-même. Sans entrain, il exécute le morne *Christ de la Minerve* pour le banquier romain Metello Vari... Il ne lui reste que deux cents ducats ! Et ce tombeau qu'on lui a payé d'avance !

Le sculpteur refuse les visites. Il s'enferme avec les quatre *Captifs* qu'il veut arracher en même temps au marbre qui les emprisonne : les quatre géants (près de trois mètres de haut) n'illustreront-ils pas ensemble sur le tombeau le cycle de l'éternel recommencement ?

Les Captifs, impressionnants comme s'ils luttaient contre leur gangue de pierre, resteront inachevés. Peu après l'abandon du projet de la façade de San Lorenzo, le pape et le cardinal Jules font parvenir à Michel-Ange, par l'entremise de son ami florentin Salviati *, une commande pour la nouvelle sacristie de l'église San Lorenzo de Florence : il ne s'agit pas moins que de sculpter deux tombeaux où reposeront les corps de Laurent le Magnifique et de son frère Julien.

Michel-Ange va résister à l'insistance pontificale pendant plusieurs semaines. Il pense à sa dette envers Jules II, à sa dette envers le Magnifique, il tremble de peur à l'idée de devoir affronter les héritiers Della Rovere... et puis il finit par accepter. La mort de Raphaël, à trente-sept ans, l'a atterré :

— Nous ne nous aimions guère, songe-t-il, et pourtant... Il s'est consumé comme un météore : les cinq dernières années il a peint les *Loges*, *La Chambre de l'Incendie*, *La Farnesine*, construit la Villa Madame, assisté à la construction de Saint-Pierre, fondé l'école la plus réputée d'Italie...

Le sculpteur mesure la brièveté du passage sur la terre, et la lutte constante à mener, tel le *Laocoon*, contre les forces de mort qui s'opposent à la « vraie » vie. En quoi consiste-t-elle, la vraie vie ? À

* Leur amitié remonte à l'atelier de Ghirlandaio.

courber la tête sous le joug des héritiers d'un pape trop entêté ? À honorer cette nouvelle commande qui le stimule à nouveau ?

Après avoir remis à Salviati un pli à l'intention du pape, Michel-Ange prend le chemin de la chapelle San Lorenzo, toujours en construction. Les murs de la sacristie n'ont pas encore de revêtement. Il imagine les reflets de la *pietra serena*, cette « lumière sur la place » qui, pour lui, ouvre le monde...

La *pietra serena*... le marbre blanc des tombes : Une lumière à pulvériser les limites de la sacristie, pense Michel-Ange. Après tout, j'ai bien liquéfié les murs de la chapelle Sixtine avec une peinture qui rendait hommage à l'architecture et à la sculpture !

Les associations s'accélèrent : « Tout *est* Rien », disait décidément le livre de Zacharie, blanc comme le soleil à son lever, ou comme l'Oiseau émergeant du Nil... Michel-Ange retourne une nouvelle fois à ses neuf Histoires reculant derrière les sibylles muettes et les *ignudi* inaccessibles : il doit, là encore, faire éclater les limites de l'illusion, montrer l'impensable sous l'apparence, c'est sa mission !

Platon le dit bien, conclut le sculpteur, l'art est une « singerie ». Je suis voué à copier le langage du Monde. Vie et mort, jour et nuit, le cycle des contraires renvoie à un au-delà dans lequel j'incite à « sauter » comme dans le carré du labyrinthe. Au-delà de la vie, au-delà de la mort, il y a... Il y a...

C'est un soir comme celui-là que Michel-Ange, à bout d'images, à bout de mots, écrira :

Je vis de ma mort et si, bien j'observe,
heureux je vis de mon malheureux sort ;
Qui vivre ne sait d'angoisse et de mort
Vienne en ce feu qui m'embrase et me dévore[16].

Au dernier moment, le pape a ajouté à la commande deux tombeaux supplémentaires : ceux de Julien de Nemours et de Laurent d'Urbin. Michel-Ange, pressé par le temps, n'exécutera que ces derniers.

*

Michel-Ange dessine pendant des mois, jusqu'à l'automne 1521. Il commence par le sarcophage du duc Julien *, où il imagine deux allégories : *Le Jour* et *La Nuit*; et sur celui du duc Laurent **, deux autres figures symboliques : *L'Aurore* et *Le Crépuscule*. Dans des niches surmontant les tombeaux, les statues grandeur nature, très idéalisées, du jeune Julien (figurant la vie active) et de son cousin Laurent (symbole de la vie contemplative) regarderont, sur le mur d'en face, une *Vierge à l'enfant*.

Les modèles des allégories seront des hommes comme pour la *Sibylle de Libye*. Les statues, massives, répandues sur les sarcophages, les feront paraître plus petits. *La Nuit*, le visage dans l'ombre, portera la Lune et une étoile en diadème ; elle s'appuiera sur un masque tragique et semblera sur le point de bondir. *Le Jour* n'émergera que par-

* Sculpté entre 1531 et 1533.
** Achevé en 1524.

tiellement du marbre. *L'Aurore* se tournera doucement vers le fidèle, comme pour le prendre à témoin de son chagrin. *Le Crépuscule*, quant à lui, bien plus âgé, portera sur le sarcophage un regard triste, mais résigné.

Comme sur la voûte de la Sixtine, Michel-Ange a prévu que les personnages paraîtraient plus vrais que les visiteurs. La structure des tombeaux, avec des piliers, des frontons, des niches, de hauteur et de profondeur variables, jouera à nouveau avec les lois de la forme et du fond. Les statues avanceront, le tombeau reculera...

Le spectateur sera comme évacué de ce lieu clos, sans portes ni fenêtres (les fenêtres en trompe l'œil s'évasant vers le bas pour accentuer le vertige de la perspective), et sera littéralement aspiré par la coupole, rayonnant tel un soleil *.

Le projet sera exécuté en plusieurs étapes, après une parenthèse de vingt-deux mois ** :

Le 1er décembre, en effet, Léon X meurt d'un mauvais rhume au retour d'une partie de chasse. Le nouveau pape, Adrien VI, est élu parce qu'il a été le précepteur de Charles Quint, lequel représente une menace de plus en plus lourde pour le Vatican.

Adrien VI se met en tête de réparer les torts de Léon X : il rend au duc Della Rovere son fief d'Urbin, donne raison à sa famille qui exige

* L'architecture intérieure et le dôme exécutés d'après la maquette et sous la direction de Michel-Ange seront terminés en 1524, mais la bulle instituant les services commémoratifs ne sera émise par Clément VII (ex-cardinal Jules de Médicis) qu'en novembre 1532.

** Entre-temps, l'idée d'un sarcophage pour le Magnifique et son frère Julien est abandonnée.

que Michel-Ange passe en jugement. À quarante-sept ans, Michel-Ange va être dépossédé de ses biens, discrédité publiquement, traité comme un « voleur », de telle sorte que personne ne voudra plus rien lui commander : il a le sentiment d'être « un homme fini ».

Par un heureux retournement de la fortune, Adrien VI meurt en octobre 1523, vingt-deux mois après son élection.

Après deux mois de marchandages et de tractations, le cardinal Jules de Médicis est élu pape, à l'âge de quarante-deux ans, sous le nom de Clément VII. Élégant, presque aérien, il passe sous l'arc de triomphe florentin, les trompettes sonnent, il élève doucement sa main gantée pour bénir la foule sur laquelle pleuvent les pièces d'or. Il descend avec adresse de son cheval, dominant de la triple tiare nobles et cardinaux, et se dirige d'un pas majestueux vers le Latran…

Michel-Ange fait partie de la suite du pape, comme dix ans plus tôt. Clément VII semble l'antithèse de son cousin Léon X : réfléchi, décidé, volontaire, intelligent… et sincèrement attaché à son « presque frère ». Dès les premiers jours de janvier, il convoque le sculpteur dans ses appartements privés du Vatican :

— Michel-Ange, c'est avec la même émotion que toi que je regarde les *Stanze* de Raphaël. Il s'est envolé au ciel, il n'était pas des nôtres… Les vins, les femmes, c'était l'apparence… Au fond, il te ressemblait, comme Léonard. C'est pourquoi vous ne vous aimiez pas.

Michel-Ange est perplexe : le pape l'a-t-il fait venir à seule fin de couvrir de louanges Raphaël ?

— Michel-Ange, reprend doucement Clément, non seulement nous avons été élevés ensemble, mais ton génie est incomparable. Je trouve injuste qu'il ait été si mal récompensé. Aussi, j'ai décidé de t'octroyer une pension de cinquante ducats par mois jusqu'à la fin de tes jours.

Michel-Ange se jette à ses genoux, le souffle coupé comme devant Jules II. Doit-il appeler son nouveau maître « Saint-Père », ou tout simplement Jules ?

Clément lui tend gentiment son anneau à baiser, il l'aide à se relever d'une main ferme...

— Nous avons convaincu les Della Rovere de retirer leur plainte. Il ne te reste qu'à faire la maquette d'un monument mural. Il Nous semble que le reste est déjà bien avancé...

— Sa Sainteté, articule péniblement Michel-Ange, Sa Sainteté comprendra que je ne trouve plus les mots : depuis vingt ans, je vis cette malédiction du tombeau !

— Rassure-toi, mon fils. J'ai encore une bonne nouvelle : je t'ai trouvé un vaste atelier en face de l'église San Lorenzo. Tu y seras plus à l'aise pour travailler à la sacristie !

— Votre Sainteté, je suis le plus heureux des hommes.

Clément le bénit, il sonne son camérier pour qu'il le reconduise par les longs couloirs où le Borgia, autrefois, faisait étrangler ses hôtes...

Les commandes affluent. Clément VII l'honore

même d'une commande personnelle : celle d'une nouvelle bibliothèque au-dessus de l'ancienne sacristie de San Lorenzo. Y seront rangés les manuscrits antiques, les livres rares... bref, une bonne partie de la fortune des Médicis.

*

La chapelle Médicis, avec ses trois étages soutenant la coupole, va élever doucement vers le ciel ses épais pilastres et ses fines colonnes soutenant lunettes et pendentifs, tel un arbre aux multiples racines apparentes, dont la coupole semble le fruit. Est-ce une sculpture ? Est-ce une architecture ? Depuis longtemps, Michel-Ange ne sépare plus les termes. De la *pietra serena*, comme du marbre, naît un corps emporté vers le ciel. Un corps avec une unité organique, une symétrie...

« Les parties d'un ensemble architectural, écrit-il dans une lettre non datée, obéissent aux lois du corps humain. Celui qui n'excelle pas dans le nu ne peut comprendre les principes de l'architecture. »

Dans le même état d'esprit, Michel-Ange construit la Bibliothèque laurentienne, avec son escalier qui ondule comme les flots, son vestibule que l'incurvation des colonnes semble faire gonfler *, et sa salle de lecture comme une

* Figure unique dans la Renaissance classique, Michel-Ange exercera, par la géométrie mouvante de ses sculptures et de ses constructions architecturales, une influence indéniable sur l'art baroque et le style « nouille » du début du XXe siècle, tant appréciés par Salvador Dalí. Le père de la fameuse « paranoïa-critique » sera l'un des premiers à souligner cette filiation, se proclamant « Divin » en hommage à Michel-Ange.

plate-forme ouverte sur l'éternité des parquets dont la décoration fait étrangement miroir aux murs et aux pupitres sages…

Michel-Ange laissera inachevée la chapelle Médicis, où devait figurer, outre les dieux fluviaux, le tombeau du Magnifique. De même, il « oubliera » de faire construire l'escalier de la Bibliothèque laurentienne en 1534, lorsqu'il quittera Florence pour Rome, la rage au cœur, après l'écrasement de la république.

L'histoire de l'escalier est peu banale. Peu avant sa mort, à Vasari qui le questionne, Michel-Ange répond :

— Oui, je me souviens d'un escalier, comme dans un rêve, mais je ne crois pas que ce soit celui auquel j'ai pensé alors, car ce n'est pas une mince affaire.

Pressé de questions par son biographe, il prend un papier et une plume, et dessine l'escalier. Puis il exécute en un tournemain une maquette en cire qu'il expédie à Florence !

Enfer et résurrection

Jusqu'à sa dernière heure, Michel-Ange ne devait jamais oublier l'enfer dans lequel l'inconsidéré pape Clément VII entraîna l'Italie. En mars 1526, François Ier (fait prisonnier à Pavie) est libéré sous conditions par Charles Quint ; son allié Clément VII le relève aussitôt d'un serment « fait sous la contrainte ». Quelques semaines plus tard, le pape met sur pied à Cognac, avec Venise, Florence, les Sforza et quelques autres, une ligue visant à écarter l'empereur de Milan et de Naples.

Excédé, Charles Quint décide de châtier l'impudent pontife, avec la bénédiction de la puissante famille romaine des Colonna. Il fait appel au *condottiere* Georg von Frundsberg, surnommé « le Goret », qui dispose de dix mille hommes.

Il lui verse un petit « acompte », lui promettant, pour le reste, les richesses de Rome à discrétion. À Plaisance, le connétable de Bourbon, fait duc de Milan, se joint à Frundsberg, et bientôt rallie douze mille Espagnols et Italiens.

Ce n'est qu'en 1555, neuf ans avant sa mort, que

Michel-Ange sera capable d'évoquer ces funestes événements devant Giorgio Vasari, son biographe :

— Ce que tu vas entendre, Giorgio, je le tiens de mon ami Balducci, qui avait repris à Rome la banque de Jacopo Galli. Écoute bien, et tu comprendras pourquoi, depuis ma cinquantième année, *aucune pensée n'est en moi où la mort ne soit creusée au ciseau.*

Michel-Ange est pâle. Son visage parcheminé a pris avec le temps la beauté que sculptent la détermination et l'intelligence indomptable. Il reprend son souffle :

— En 1527, tu étais presque un enfant, Giorgio, savourant les délices de l'automne florentin, pour si peu de temps encore, Florence allait subir le même calvaire… Imagine une troupe de cinq mille soudards déferlant comme une nuée de sauterelles sur le Vatican…

Michel-Ange promène un regard lointain sur son interlocuteur, qui a cessé d'écrire, terrifié :

— Une lumière crépusculaire noie la ville. Les palais sombrent dans la nuit. Le connétable de Bourbon est tombé sous la première rafale. Une balle juste dans les intestins, il dégorge ses excréments. Vivant, il aurait peut-être retenu ses troupes…

Michel-Ange réfléchit, hésitant. Soudain, il lâche d'une voix méprisante :

— À Saint-Pierre, le pape pleure et trépigne. Il faut treize cardinaux pour le pousser, le porter, caché sous un manteau, le long du long corridor qui mène au château Saint-Ange, bardé de canons.

Le narrateur poursuit, pensif :

— La forteresse regorge de monde : des milliers de réfugiés. Chacun commande, autant dire personne. Le cardinal Orsini, peut-être… Mais le pire parfois ne vient pas des assaillants… À l'intérieur même du château règnent aussi la fureur et l'orgie…

Michel-Ange passe la main sur ses yeux, ses mots sont entrecoupés de longs silences, presque incompréhensibles :

— Les soldats coupent en deux les enfants, violent les femmes, à commencer par les nonnes, sodomisées avec des crucifix… Ils clouent en chantant les malades de Santo Spirito sur leurs lits…

Vasari écoute, son fin visage méconnaissable, comme s'il avait reçu des coups de poing. Sa plume vient de tomber, imbibant son précieux tapis d'une généreuse coulée d'encre… il néglige de la ramasser. Michel-Ange, si petit, si ridé, ressemble à Moïse stigmatisant les adorateurs du veau d'or. Il lance :

— Les soldats torturent, crèvent les yeux, arrachent les ongles, coupent riches et pauvres en morceaux à coups de hache, puis les jettent dans le Tibre. Le Campo dei Fiori devient le marché où l'on trafique les objets volés, des ostensoirs aux joyaux extirpés des coffres éventrés…

Michel-Ange s'interrompt, frottant machinalement ses vieilles chausses comme pour retrouver un semblant de réalité :

— Les églises sont des écuries, les chapelles des latrines. Sur les tableaux, on crève les yeux du Christ ou de Notre Dame, des ânes déguisés en évêques sont poussés sur la place… Les pires, m'a confié Balducci, étaient les hommes de Souabe : loqueteux, dégoulinants de sang et de vinasse, ils hurlaient : « *Viva Luther Papa !* » (« Vive le pape Luther ! »)

Michel-Ange fixe un point à l'horizon, bien au-delà de Vasari, comme s'il voyait ce qui dépasse l'imagination, excède l'entendement :

— Comment Dieu a-t-il pu permettre ce massacre, encore aggravé par une épidémie de peste ? Presque un an ! Jusqu'à ce que le pape, au printemps, s'humilie devant l'empereur en signant la paix à des conditions exorbitantes : quarante mille ducats (il n'a plus rien), Plaisance, Osti, Civitavecchia, et même le château Saint-Ange tombent dans l'escarcelle du vainqueur… Libéré en décembre, le pape s'enfuit à Orvieto comme un voleur…

Michel-Ange foudroie le beau Clément VII qui émerge de son rêve, bardé d'or et de pierreries, tel un gamin déguisé. Comme si un pape avait pour mission de jouer au roi dans une partie d'échecs pipée d'avance !

Doucement, le sculpteur s'est levé, quittant le doux Vasari au bord de la nausée, fixant stupidement la tache d'encre sur son tapis : inadmissible, indélébile…

*

Revenons en 1527. Le sac de Rome et le discrédit jeté sur le pape Médicis encouragent les Florentins à se révolter contre le despotisme cruel de leur gouverneur Alexandre, dit Alexandre le Maure, fils naturel de Clément VII et d'une esclave mulâtre *.

Pressé de s'engager, Michel-Ange ferme la chapelle laurentienne. Incapable de se concentrer sur la *Victoire* pour le tombeau de Jules II (une sorte de *David* piétinant la tête d'un vieillard qui évoque à ses yeux la jeune république), il s'engage aux côtés des républicains. Niccolò Capponi vient d'être élu gonfalonier. Une milice armée est créée pour défendre la cité contre les invasions...

À Florence, c'est l'euphorie : le commerce est prospère, la Signora est assistée par un Conseil représentant la noblesse...

Dès les premiers jours de 1528, Michel-Ange reçoit un « bref » du pape, lui enjoignant de poursuivre la sculpture de la Sacristie contre cinq cents ducats. Fort ennuyé, Michel-Ange demande audience au gonfalonier Capponi :

— Je ne veux pas des ducats de Clément, mais j'aimerais tant continuer à sculpter dans la chapelle !

— Surtout pas, Michel-Ange : le Conseil te considérerait comme un traître !

On craint que la colère de Clément VII ne s'abatte sur la cité hostile. Une épidémie de peste achève de faire perdre aux Florentins leur belle confiance en l'avenir...

Michel-Ange ne quitte plus la maison de Settignano où son frère Buonarroto s'est isolé, la langue

* En accédant au pontificat, Clément VII a nommé Alexandre, tout juste âgé de treize ans, gouverneur de Florence. Son cousin Hippolyte, bâtard de Julien de Nemours, censé l'assister dans sa fonction, n'a qu'un rôle de figurant.

jaunâtre, en proie au délire. Il ne reconnaîtra pas l'aîné qui, au mépris de sa propre vie, le veille jusqu'à la dernière seconde et lui ferme les yeux, en pleurs.

Michel-Ange raconte, dans une lettre, l'insupportable : comment il est contraint de creuser tout seul la tombe, parce qu'il n'y a plus de fossoyeur. Comment il brûle les vêtements de Buonarroto et se plonge dans un baquet d'eau presque bouillante. Comment, affolé, il rédige un testament en faveur de ses neveux Lionardo et Buonarrotino.

Le sculpeur sort sain et sauf de l'épreuve, et l'épidémie semble enrayée. Mais Clément VII, piétinant toute décence, s'est allié à Charles Quint, à l'Espagne, aux Colonna, au duc d'Urbin. L'armée marche sur Florence pour écraser la république et rétablir le pouvoir des Médicis.

Convoqué au palais de la Seigneurie par le gonfalonier Capponi, homme au demeurant sympathique, avec son visage carré de paysan et son regard sans détour, il s'entend proposer une mission très particulière :

— Buonarroti, un sculpteur est aussi un ingénieur. Nous avons pensé à toi pour les fortifications.

Ingénieur militaire, comme Léonard de Vinci !

Dégoûté des Médicis et fervent républicain, Michel-Ange accepte. Sous sa direction, maçons et paysans vont consolider le mur branlant, et l'élever de plusieurs mètres.

À l'unanimité, il est élu aux *Nove della Milizia* (« les neuf de la milice ») comme gouverneur général des fortifications.

Il fait alors creuser des douves profondes. Son idée de génie : fortifier le campanile de l'église San Miniato, du haut duquel les assiégés domineront le champ de bataille.

Le général Malatesta, de Pérouse, est déjà là pour diriger l'armée. Instantanément, sa morgue déplaît à Michel-Ange, d'autant que son ami Mario Orsini le lui décrit comme un homme ayant commis trahison sur trahison (il a livré Pérouse, donné Arezzo au pape...). Une nuit, Michel-Ange tombe dans une sorte de prostration. Il fait coudre douze mille florins d'or sur ses trois chemises en forme de jupons, selle son cheval et s'enfuit à bride abattue vers Bologne, faisant brutalement demi-tour pour regagner Florence...

Exclu du Conseil pour trois ans, Michel-Ange n'en fait pas moins preuve d'un courage admirable pendant le siège. Il obtient la direction d'une équipe de paysans pour consolider la tour de San Miniato ; les artisans travaillant la laine viennent lui porter avec l'aide des charretiers les ballots qui, suspendus à des cordes, protègeront la tour.

Les officiers ennemis comprennent trop tard : leurs boulets retombent mollement dans le fossé... Ils se désintéressent du campanile... Michel-Ange est réhabilité, juste avant le « siège de la faim » : l'arrivée de vivres par la mer est coupée. À Florence, on ne meurt pas de faim, de soif ni en combattant, mais de la peste, qui redouble de virulence au cours de cet été torride. On compte pas moins de cinq mille morts !

En dépit de l'héroïsme du général Francesco

Ferrucci, cantonné à Pise, en dépit de l'action désespérée des seize mille rescapés qui ont juré de donner l'assaut des deux côtés des murailles au prix de leur vie, Florence, au bord d'une victoire chèrement acquise, est contrainte à la capitulation : une nouvelle fois, le 2 août 1530, Malatesta a trahi.

Florence reconnaît une dette de quatre-vingt mille ducats envers le pape. Les engagés de la milice sont exécutés sans jugement. Les membres du gouvernement sont pendus au Bargello. Capponi est décapité publiquement. Quant aux prisonniers de Saint-Ange, on les laisse mourir de faim.

Baccio d'Agnolo, architecte officiel de Florence et détenteur des clefs du Dôme, propose alors à Michel-Ange une cachette dans la tour. Il y restera tapi jusqu'à la mi-novembre, sursautant au moindre bruit. Tout Florence connaît sa cachette, mais la haine de l'envahisseur est telle que personne ne le dénoncera. On risque sa vie pour apporter au reclus de quoi subsister…

Un matin, quelqu'un lui crie de descendre. C'est un émissaire de Clément VII avec un bref lui ordonnant de reprendre le travail de la sacristie :

« Michel-Ange a tort ; je ne lui ai jamais fait de mal », aurait déclaré Clément VII en haussant les épaules… L'ancien gouvernement de Florence, rétabli dans ses fonctions *, est prié de traiter le sculpteur avec de grands égards à condition que

* En 1532, la nouvelle Constitution déclare même Alexandre « duc héréditaire de Florence ».

celui-ci reprenne la construction de la sacristie. Clément lui rend même sa pension.

Infortuné Michel-Ange, pris dans une singulière tenaille : être pendu au Bargello, ou œuvrer à la gloire de ceux qu'il a combattus ! Le comportement du sculpteur laisse tout de même pensif. Pour Baccio Valori, nouveau gouverneur de Florence, qui a fait exécuter son ami Battista della Palla, il accepte de sculpter un *Apollon tirant une flèche de son carquois* Le temps passant, il ira même jusqu'à renier les bannis florentins (en 1544).

*

En 1534, Michel-Ange, qui approche de la soixantaine, n'éprouve qu'aversion pour lui-même et pour le monde entier : à un admirateur qui fait l'éloge de *La Nuit*, prétendant qu'elle semblait sur le point de s'éveiller si on lui adressait la parole, il répond :

Doux pour moi le sommeil, et plus encore être de pierre
Pendant que j'endure tort et honte ;
Ne pas voir, ne pas entendre sont ma chance.
Alors ne m'éveillez pas : parlez doucement en ce lieu[17].

Le duc Alexandre de Médicis, « gonfalonier perpétuel » de Florence, éprouve à son égard une haine encore attisée par le refus de Michel-Ange d'élever une forteresse pour dominer la ville. À la mort de Clément VII, qui suit de peu celle de son père Lodovico, le jour de sa quatre-vingt-dixième année, il a la chance d'être hors de Florence. Sinon, précise-t-il dans une lettre : « Alexandre et ses hommes eussent sauté sur moi comme des serpents. »

Laissant son travail inachevé, le sculpteur fait remplir les sacoches de selle par son ami et domestique Urbino * : du matériel de dessin, presque exclusivement. Les vêtements, il ne s'en soucie guère !

Michel-Ange éperonne son cheval : demain, il sera à Rome. Il passe la Porta Romana, il fuit la ville qu'il considère à présent non seulement comme le symbole de la naissance, mais comme celui de la mort. Sans se retourner sur son *David* endommagé **, sans faire un détour par le cimetière où reposent son frère et son père, il compose mentalement l'un de ses plus beaux sonnets, dédié à Lodovico :

Tu es mort à la mort
(...)
Par ta mort, j'apprends à mourir,
mon cher père[18] *(...)*

Le sculpteur découvre une cité en liesse. La joie des Romains se manifeste lors même que se déroulent les funérailles. Enfin, le Vatican est délivré du responsable du sac de Rome !

Seul l'extérieur du palais Médicis est revêtu du traditionnel drap noir. À l'intérieur, on festoie. Alexandre le Maure, universellement haï, peut compter ses heures : Clément mort, il doit céder la

* Dont il admet dans ses *Lettres* que, plus que lui peut-être (qui n'est qu'un lâche), son corps disgracieux « est l'enveloppe d'une belle âme ».

** Le jeune Vasari a ramassé les morceaux du bras malencontreusement cassé lors de la révolte populaire. Et le restaurera parfaitement, par la suite.

place au cardinal Hippolyte à présent âgé de vingt-trois ans, le fils naturel du bien-aimé Julien de Nemours.

Le 11 octobre 1534, Alexandre Farnèse est élu au Saint-Siège, sous le nom de Paul III. Farnèse a été l'un des hôtes de choix du Magnifique au palais Médicis, mais bien avant Michel-Ange. Frère de la ravissante Giulia, maîtresse d'Alexandre VI Borgia, il a été fait cardinal, de telle sorte qu'on le surnomme le « cardinal cotillon ». Mais Alexandre, tournant le dos à la vie dissolue, a décidé de se consacrer à Dieu.

— Quatre enfants illégitimes ! ricane Michel-Ange... Comment croire à cette rédemption ?

C'est alors qu'un messager frappe à sa porte : le pape veut le voir immédiatement, il a une information de la plus haute importance à lui communiquer.

Voici Michel-Ange, comme tant de fois, au pied du trône pontifical. Il l'a dit, il le répète, il a « le compas dans l'œil ». Même en l'absence du modèle improvisé, il pourrait dessiner le visage étroit, le nez plongeant au-dessus de la moustache blanche, la quasi-absence de lèvres...

— Mon fils, Nous souhaitons que vous entriez à notre service.

— C'est un grand honneur pour moi, Très Saint-Père.

— Notre premier souhait est que vous exécutiez *Le Jugement dernier* sur le mur de l'autel de la chapelle Sixtine. Votre œuvre semble inachevée.

— Je ne peux accepter une telle commande, Saint-Père, voilà trente ans que je dois exécuter le tombeau de Jules II pour ses héritiers !

— Cela fait trente ans que Nous désirons vous avoir à Notre service. Nous ferons en sorte que le duc d'Urbin se contente de ce que vous avez déjà sculpté !

Michel-Ange s'est agenouillé, il a baisé l'anneau du petit pape tremblant de colère sous sa cape d'un rouge sombre…

*

À présent il remonte la via Alessandrina jusqu'à la basilique Saint-Pierre. À la mort de Giuliano de Sangallo, son neveu Antonio (l'ex-élève des *Baigneurs*) en est devenu l'architecte en titre :

— Étonnant, constate Michel-Ange, les travaux n'ont pratiquement pas avancé depuis près de vingt ans…

Tel un automate, il se dirige vers le château crénelé des Cavalieri (« conservateurs »), famille de la vieille noblesse romaine qui depuis des siècles se consacre à la préservation du capital architectural et artistique de la ville. Comme en rêve, il laisse retomber le lourd marteau sur la porte…

Un domestique l'introduit dans un salon aux murs interminables où sont alignés les plus beaux marbres antiques qu'il lui ait été donné de voir, hormis ceux du Magnifique. Bientôt un homme entre, encore plus beau dans la splendeur de ses vingt-quatre ans, encore moins réel que lorsque Michel-Ange l'a entrevu dans une réception, deux ans plus tôt. Il lui a adressé des lettres folles, des poèmes admirables :

Si un chaste amour, si une pitié supérieure,
si une fortune égale existe entre deux amants,
si le sort cruel qui frappe l'un frappe aussi l'autre,
si un seul esprit, si une seule volonté gouverne deux cœurs,
si une âme en deux corps s'est faite éternelle[19]*...*

L'« incarnation du *David* » y a répondu avec froideur et courtoisie : fervent de peinture, il souhaite devenir l'apprenti du Maître, rien de plus.

Ce jour-là, ils vont quitter le palais ensemble. Ils deviennent inséparables, dessinant sur la piazza Navona ou sur le Forum, bavardant comme de vieux amis.

Sont-ils amants ? Michel-Ange, telle la sibylle, sème les énigmes :

Ce que je désire, ce que j'apprends
dans ton beau visage,
ne peut être compris des hommes ordinaires.
Qui veut le comprendre doit d'abord mourir[20]*.*

Tommaso dei Cavalieri va assister Michel-Ange tout au long de sa patiente élaboration du projet du *Jugement dernier*, dont l'exécution demandera six ans (deux de plus que la voûte, en y intégrant la parenthèse bolonaise).

*

Le peintre-sculpteur-architecte s'est pris d'affection pour Paul III. Il apprécie sa culture, son humour, son intégrité. Mais peut-il confier au souverain pontife ses doutes sur la croyance chrétienne selon laquelle le Jugement dernier coïncide avec la fin du monde ?

Pour Michel-Ange, moins de dix ans avant le sac de Rome et au lendemain du supplice du gonfalonier Capocci, le Jugement dernier ne cesse de se produire. Dante eût-il imaginé un enfer plus sombre, plus irrémédiable que ce mouvement circulaire dans lequel un Christ massif, à la fois « Homme au-delà de l'homme » (*ignudo*) et Jupiter redoutable, rejettera l'ensemble des créatures ?

— Non, pas un ensemble, réfléchit Michel-Ange. Pas un magma. Chacun sera différent de l'autre. Chacun aura son *putto* (« petit génie » invisible, comme le répétait Pic de la Mirandole). Ce que je dois représenter, c'est l'homme à la fois égaré, et prisonnier de son propre espace…

Marie ? Elle sera blottie derrière le Fils vengeur immense, en plein centre. Seuls les stigmates témoigneront de sa crucifixion, mais ils sont presque invisibles. Les fidèles doivent comprendre que le moment de l'intercession de Notre Dame est passé…

Avec une sorte de complicité, le Christ regardera Barthélemy l'écorché, bien en évidence, tenant dans une main le couteau de son propre supplice, et dans l'autre une dépouille qui ressemblera trait pour trait à Michel-Ange, l'air furieux, revanchard. « Chaque coup de ciseau dans le marbre de beauté fait ressortir l'indignité de ma propre pelure ! » semblera-t-il gronder.

Les saints groupés autour du Christ ne seront pas

beaux, tout juste agréablement proportionnés. Leurs postures seront revendicatives, hostiles.

À droite du Juge éternel, les élus ; à gauche, les damnés.

Le fond ? D'un gris-bleu, sans profondeur. La forme ? Sombre, éteinte. La perspective ? Absente.

Le grouillement des personnages avancera vers le spectateur comme une troupe en marche, indifférente aux anges massifs qui portent les instruments de la Passion et aux démons à figure humaine, sur les hauteurs ou dans les lunettes.

Au-dessus du Christ (évoquant par son geste le *Christ d'Orvieto* de Fra Angelico) les jambes de Jonas, « première marche » de la fontaine lumineuse de la voûte. Une voûte qui deviendra, par un saisissant effet de contraste, un gigantesque coin, gonflé de lumière ou d'eau. Un coin plus puissant que celui qui permet d'extraire le marbre. Un coin qui va faire sauter, selon la parole du Christ dans *L'Épitre aux Hébreux*, le mur du Temple.

Les damnés, les élus pourront bien poursuivre leur ronde, pourchassés par l'infortuné Biaggio da Cesena, maître de cérémonie du pape *, représenté en Minos, prince des Enfers... Ce qui se jouera ici, ce ne sera pas la fin du monde, mais sa résurrection : les limites de l'« illusion » platonicienne pulvérisées ; la pure vérité de l'Esprit (ou de l'« Idée », si l'on préfère) révélée par un nouvel Adam qui regardera Barthélemy comme un miroir, lequel aura un œil sur le Sauveur, et l'autre sur la triste

* Il a qualifié le *Jugement dernier* d'« obscène ».

« peau de Michel-Ange », dont le regard orageux enveloppe le spectateur à son tour…

« Dieu créa l'homme à son image, Il le créa à l'image de Dieu… », dit si bien la Genèse…

À la fin de 1540, la fresque du *Jugement dernier* est presque terminée, quand Michel-Ange tombe de son échafaudage. Michel-Ange, qui déteste les médecins, refuse qu'Urbino laisse entrer celui appelé par Tommaso. Michel-Ange prétend que les deux hommes durent défoncer la porte… Faut-il le croire ?

Ce qui est certain, en revanche, c'est la réaction du pape, lorsque celui-ci voit pour la première fois le *Jugement dernier* : il tombe à genoux en déclinant ses péchés. Il pleure aux pieds du Christ vengeur, verse un flot de larmes jusqu'à ce qu'il reconnaisse Biaggio aux Enfers, alors, il rit aux éclats.

Ce qui est également hors de doute, c'est la lettre de l'opportuniste (et licencieux !) « poète » l'Arétin, datée de 1545, dans laquelle celui-ci déplore la représentation « des parties génitales et des organes des personnages en extase avec un tel relief que, même dans un bordel, ils contraindraient les gens à fermer les yeux ». C'est le début de la Contre-Réforme, l'Arétin flatte l'échine des « culottards » qui imposeront des caleçons aux nus du peintre…

*

Avec l'âge, la vie de Michel-Ange a complètement changé. Dès 1535, il est devenu le pôle d'attraction d'un groupe de jeunes républicains florentins qui se réunissent dans son atelier du Macello dei Corvi où ils fomentent un complot contre Alexandre de Médicis, maître tout-puissant * de Florence depuis qu'il a fait empoisonner en toute impunité son éphémère rival Hippolyte. La conspiration échouera. En 1537, Alexandre est assassiné sans conviction par un cousin de la branche cadette (descendant de Laurent l'Ancien, frère de Côme l'Ancien), Laurent, affublé du sobriquet de « Lorenzino ». Ce dernier, tout juste âgé de vingt-trois ans, s'enfuit à Venise **. Son jeune oncle Côme devient duc de Florence. On l'appellera Côme le Grand en raison de la terreur qu'il inspire. Au terme d'une répression impitoyable, il s'arrogera le titre de « grand duc de Toscane » en 1569, et mourra dans son lit en 1576.

La république de Florence n'est plus qu'un rêve... auquel Michel-Ange doit tout de même sa rencontre avec Vittoria Colonna, en 1536. Elle a quarante-quatre ans, et lui plus de soixante. Appartenant à la vieille aristocratie italienne ***, Vittoria a été mariée à dix-sept ans au marquis de Pescara, vainqueur de Pavie. Elle l'a aimé, bien qu'il ne l'aimât pas. À sa mort, en 1525, elle s'est réfugiée dans la philosophie, la religion et la poésie.

Vittoria Colonna est célèbre dans toute l'Italie par ses poèmes qui chantent l'amour transfiguré, et

* D'autant qu'il a désormais l'appui de Charles Quint dont il a épousé la fille illégitime, Marguerite.

** Il s'agit du Lorenzaccio d'Alfred de Musset. Il sera poignardé à Venise en 1548 par de jeunes Florentins.

**** Elle est princesse Colonna par son père et princesse d'Urbin par sa mère.

« l'immortelle beauté qui ne passe pas, comme l'autre... ».

Elle entretient une correspondance avec l'Arioste (qui l'a célébrée dans son *Orlando*), fréquente les grands réformateurs comme Bernardino Ochino *, inspirateur de Jean de Valdès (ami intime de Charles Quint), et le cardinal Contarini, qui sera brûlé à Rome par l'Inquisition en 1567.

Vittoria n'est pas belle : un visage presque viril au front trop haut, au nez trop long, à la bouche pincée... En 1541, elle quittera Rome pour un couvent, d'abord à Orvieto, puis à Viterbe, où elle mourra six ans plus tard. Le peintre portugais François de Hollande a conservé le souvenir de ses entretiens avec Michel-Ange dans ses quatre *Dialogues sur la peinture*.

Michel-Ange l'a-t-il aimée ? Il lui dédie des dessins — ceux de *La Résurrection*, notamment — et des poèmes, un peu artificiels[21] :

Bienheureux esprit qui, par un ardent amour
retiens en vie mon vieux cœur, près de mourir...

Ses écrits (...) illuminent de plus de vie
qu'elle n'en eut en sa vie ;
et par sa mort, elle a conquis
le ciel qu'elle n'avait pas encore **.

Passionnée, empreinte d'une culpabilité qui la porte à toutes sortes de pénitences, mais volontaire et profondément artiste, Vittoria représente un

* Qui se convertira au protestantisme.
** Poème écrit à la mort de Vittoria.

peu pour Michel-Ange un double féminin. Leur échange affermit son assurance, toujours chancelante. C'est aussi Vittoria qui ranimera sa ferveur religieuse des dernières années.

*

La mort de son amie en 1547 le laisse « comme une coquille vide ». Elle coïncide heureusement avec l'inauguration du tombeau de Jules II, à l'église Saint-Pierre-aux-Liens. Le sarcophage est revêtu des deux dernières statues, navrantes, de *Rachel* et *Léa*. Michel-Ange s'est-il ennuyé pendant l'ouvrage, parce qu'il représentait deux femmes, habillées de surcroît ?

C'est l'époque où il peint les fresques de la chapelle Pauline (*La Conversion de saint Paul* ; *La Crucifixion de saint Pierre*), laissées inachevées en 1550. Il a failli refuser la commande de Jules II :

— Très Saint-Père, je suis trop vieux, ma vessie me fait souffrir*...

— Nous te laisserons le temps qu'il faudra, mon fils.

Ces fresques sont surprenantes de clarté, comme la voûte de la Sixtine ; les personnages stylisés, vus de dos (mais habillés), rappellent curieusement les *Baigneurs*. Le mouvement circulaire fait penser au *Jugement dernier*. La pluralité des points de fuite nie la perspective... Provocation ? Prémonition géniale de l'œuvre d'un Cézanne ou d'un Picasso ?

* Il a des calculs rénaux.

Le « corps » de l'architecture

À la mort d'Antonio da Sangallo en 1546, Michel-Ange est nommé par Paul III « architecte en chef de la basilique Saint-Pierre ».

Maugréant sur son grand âge, Michel-Ange se met aussitôt à l'ouvrage, décrétant seulement au souverain pontife ébahi :

— Mon Père, je refuse d'être payé. Je travaillerai pour des raisons spirituelles.

À Bartolomeo Ferranti, chanoine de Saint-Pierre, il adresse alors une véritable apologie de celui qu'il a le plus cordialement détesté : Bramante ! « … un architecte parmi les plus nobles depuis l'Antiquité (…) Qui s'écarte de l'ordre de Bramante, comme l'a fait Sangallo, s'écarte de la vérité. »

La suite de la lettre, relative aux déambulatoires de Sangallo, fait sourire :

« Tant de cachettes sombres (…) qu'ils offriraient l'occasion d'infamies innombrables, telles que dissimulation de hors-la-loi, fabrication de fausse monnaie, viol de religieuses… »

Sans en avoir l'air, par petits bouts, il fait démolir la construction de Sangallo pour revenir au plan initial de la *croix grecque* de Bramante, provoquant un tollé de la « secte de Sangallo ». Jules III, qui protège Michel-Ange envers et contre tout, lui donne, un mois avant son décès en novembre 1549, pleins pouvoirs. Il peut faire comme il l'entend…

Michel-Ange, jaloux de son « monopole », ne laissera aucun plan de la basilique, aucune maquette, si ce n'est celle de la coupole, dont la construction ne sera entreprise que quatre ans avant sa mort, en 1564.

Le « Divin » a préjugé de ses forces : « Mon esprit et ma mémoire m'ont quitté, qui m'attendent ailleurs », écrit-il dans sa quatre-vingtième année. Aucun projet pour la façade. Il verra le gros œuvre de l'édifice, qui donnera incontestablement son style à toutes les modifications qui suivront. Mais les travaux de Della Porta, conseillé par le fidèle Cavalieri, seront frappés d'absurdité par la décision de Paul V (Camillo Borghèse) en 1607 : revenir au plan de la *croix latine* *.

Aujourd'hui, la coupole est quelque peu noyée dans la longue façade…

Le vieux Michel-Ange a-t-il conjecturé qu'on allait, de la sorte, défigurer son œuvre ? Sans aucun doute :

« Si je quittais Rome, plus d'un gredin s'en réjouirait ; cela ruinerait aussi toute l'œuvre entreprise, ce serait une grande honte pour moi, et pour mon âme un grand péché. »

Déjà, Paul IV (le redoutable cardinal Caraffa de

* Celle du Christ.

l'Inquisition) a fait « culotter » les fresques de la Sixtine ! Le peintre Daniele da Volterra a pourtant promis que les *calzoni* des hommes et les cotillons des femmes seraient légers comme des nuages…

Enfermé dans sa maison du Macello de'Corvi, Michel-Ange pleure en silence. La main tremblante, il écrit :

Le monde est aveugle et son triste exemple
détruit et submerge tout vertueux usage ;
éteinte est la lumière, enfuie toute assurance,
le faux triomphe et le vrai reste coi [22].

Tous ses amis sont morts : Granacci, Sebastiano del Piombo, Balducci, son cher Urbino… Plus de frères : Giovan Simone s'en est allé peu avant Gismondo…

Et Tommaso qui s'est marié, il est même devenu père de famille !

Pensif, Michel-Ange se lève, il va chercher ses dessins pour le *Capitole*, pour le *palais des Conservateurs,* pour le *palais Farnèse*, pour *San Giovanni*, la *chapelle Sforza.* Son père est mort dans sa quatre-vingt-dixième année, il lui en reste cinq à vivre…

Il éparpille les croquis sur son établi : des images, un monceau d'illusions. À défaut d'enfants, il a semé sur la terre des créatures de pierre à son image, avec deux parties symétriques, une ossature, une peau… Il attrape une nouvelle poignée de dessins, les jette dans la cheminée, et puis une autre, et encore une autre… La vérité est scellée pour l'éternité comme les fenêtres aveugles de la chapelle laurentienne... Michel-Ange jette maintenant au feu ses poèmes par brassées...

Il a enfourché son cheval en dépit du froid, de la neige, et se dirige vers la petite église de Santa Maria degli Angeli. Dans ses sacoches, une masse et un ciseau : il va rééquilibrer sa sculpture de la *Vierge à l'enfant* *, la rendre aussi parfaite que l'œuvre de Dieu...

Michel-Ange s'effondre, sans connaissance. Il se réveille à l'aube. Il tire, pousse son cheval vers le Macello dei Corvi, s'écroule sur le lit, murmurant dans un souffle à la servante qui accourt, affolée :

— Appelez Tommaso !

Il se fait apporter du papier, une plume, rédige, en pleine possession de ses moyens, un testament qui tient en trois mots : il laisse son âme à Dieu, son corps à la terre et son bien à son neveu Lionardo.

— Tommaso ! Je veux être enterré à Santa Croce avec les miens...

Cavalieri ferme doucement les yeux de son ami. Qu'il est beau, avec ce tissu de rides qui dit les doutes et les souffrances d'une vie... Cinq heures sonnent, ce 18 février 1564.

*

Le corps de Michel-Ange sera ramené à Florence, comme il le souhaite **. Auparavant, tous

* Cette *Pietà Rondanini* annonce de façon extraordinaire la stylisation d'un Giacometti.

** Dans l'église Santa Croce, son tombeau, dessiné par Vasari, est daté de 1570.

les peintres, sculpteurs, et architectes se rassemblent devant Saint-Pierre autour de la bière posée sur un brancard, et recouverte d'un drap brodé d'or. Sur le drap, un simple crucifix. À minuit, les plus vieux artistes prennent en main les torches, et les jeunes s'emparent du brancard. La foule est telle que bienheureux sont ceux qui pourront, comme Vasari, « se glorifier d'avoir porté les restes du plus grand homme qui fut jamais dans les arts ».

ANNEXES

REPÈRES CHRONOLOGIQUES

1475. Naissance le 6 mars de Michel-Ange Buonarroti à Caprese (Toscane). Son père, Lodovico Buonarroti, est maire de Chiusi et Caprese. Michel-Ange est mis en nourrice chez un tailleur de pierre, Topolino.

1481. Mort de sa mère, Francesca di Neri, épuisée par cinq grossesses. Michel-Ange a quatre frères : Lionardo (l'aîné), Gismondo, Giovan Simone, et Buonarroto.

1485. Lodovico se remarie avec Lucrezia. Michel-Ange revient chez son père. Il entre à l'école. Rencontre avec Francesco Granacci, élève de Ghirlandaio.

1488. Michel-Ange intègre, comme apprenti, l'atelier de Ghirlandaio et participe aux fresques de l'église Santa Maria Novella.

1489. Appelé au palais Médicis. Laurent de Médicis va l'élever avec ses sept enfants et son neveu Jules (futur Clément VII). Son fils Pierre lui succédera. Devient l'élève du sculpteur Bertoldo, aux « Jardins de Saint-Marc », fondés à l'instigation de Laurent. Participe à l'Académie platonicienne avec Marcile Ficin, Cristofero Landino, Politien, et Pic de la Mirandole.

1491. Savonarole devient prieur de Saint-Marc. Son frère Lionardo se fait moine.
La *Vierge à l'escalier*.
Mort de Bertoldo.

1492. Mort de Laurent de Médicis. Son fils Pierre lui succède. Michel-Ange retourne chez son père et retrouve l'atelier de Ghirlandaio.

1493. *La Bataille des Centaures*.
Dissection à l'hôpital Santo Spirito.

1494. Florence capitule devant Charles VIII. Fuite de Pierre de Médicis. Michel-Ange se réfugie à Bologne.

1495. Sculpures pour la châsse de saint Dominique de l'église du même nom, à Bologne. Il rentre à Florence dont la coalition italienne a chassé Charles VIII. Instauration de la république, officieusement dirigée par Savonarole.

1496. Séjour à Rome. *Bacchus*.

1497. Mort de Lucrezia Buonarroti. Lodovico émancipe Michel-Ange. « Bûcher des vanités », à l'instigation de Savonarole.

1498-1500 Alexandre VI Borgia excommunie Savonarole. Arrêté, ce dernier signe des aveux sous la torture. Pendu, il est brûlé pour hérésie. Soderini redevient gouverneur réel de la Seigneurie, avec comme secrétaire Machiavel.

1498-1499. *La Pietà*.

1501-1504. *David*.

1504. Michel-Ange (*La Bataille de Cascina*) et Léonard de Vinci (*La Bataille d'Anghiari)* remportent ensemble la commande de décor à fresques de la Salle du Conseil de la Seigneurie.

1505. Michel-Ange est appelé à Rome où Jules II lui commande son tombeau. Séjour à Carrare. Jules II constitue sa garde suisse qui va l'aider à réunifier les États ponticaux (1505-1512). Il fait chasser Michel-Ange par caprice.

1508-1512. Rentrée en grâce : fresques de la voûte de la chapelle Sixtine.

1512. Mort de Jules II. Élection de Léon X (Jean de Médicis).

1513-1516. *Moïse*.

1521. Mort de Léon X. Élection de Clément VII en 1423. Son fils Alexandre et son neveu Hippolyte deviennent gouverneurs de Florence.

1524. Bibliothèque laurentienne (Florence).

1527. Sac de Rome.

1528. République de Florence.

1528-1530. Siège de Florence par Charles Quint. Michel-Ange devient l'ingénieur militaire de la république.
Trahison de Malatesta et capitulation. Alexandre est rétabli dans ses fonctions. Répression sanglante. Michel-Ange se cache dans le clocher du Dôme.

1532-1533. Retour en grâce : chapelle des Médicis (Florence).

1534. Mort de Clément VII.

1534-1541. Fresque du *Jugement dernier* (mur de la Sixtine).

1535. Amitié amoureuse avec son élève Tommaso dei Cavalieri. Rencontre de Vittoria Colonna.

1537. Assassinat d'Alexandre de Médicis par son cousin Lorenzino. Côme Ier de Médicis devient duc de Florence. Répression du soulèvement républicain.

1538. Élection de Paul III.

1546-1550. *Conversion de saint Paul* et *Crucifixion de saint Pierre* (fresques du Vatican).

1555. Plans pour *San Giovanni* (Rome).

1550-1602. Place du Capitole.

1560. Plans de la chapelle Sforza.

1554-1564. Plans de Saint-Pierre et maquette de la Coupole.

1564. Mort de Michel-Ange le 18 février.

ŒUVRES DE MICHEL-ANGE

Peinture, dessin, sculpture, architecture, auxquels il est fait allusion.

Saint Barthélemy, détail du *Jugement dernier* (fresque, 13,7 m × 12,2 m), chapelle Sixtine, Vatican.

La Vierge à l'escalier (bas-relief en marbre, 55,5 cm × 40 cm), maison de Michel-Ange, Florence.

La Bataille des Centaures (bas-relief en marbre, 84,5 cm × 90,5 cm), maison de Michel-Ange, Florence.

Crucifix, (bois polychrome, 134 m), maison de Michel-Ange, Florence.

Saint Procule (marbre, 58,5 cm), châsse de saint Dominique, église Saint-Dominique, Florence.

Saint Pétrone (marbre, 63,5 cm), châsse de saint Dominique, église Saint-Dominique, Florence.

Ange au chandelier (marbre, 63,5 cm), châsse de saint Dominique, église Saint-Dominique, Florence.

Bacchus (marbre, 2 m), Musée du Bargello, Florence.

Pietà (marbre, 1,74 m × 1,95 m), Saint-Pierre-de-Rome.

David (marbre, 4,1 m), Académie des Beaux-Arts, Florence.

La Chute de Phaéton (dessin fusain, 41,3 cm × 23,5 cm), Bibliothèque royale, Windsor.

Étude pour le David de bronze (dessin plume, 26,5 cm × 18,7 cm), Musée du Louvre, Paris.

Madone de Bruges (marbre, 1,28 m), église Notre-Dame-de-Bruges.

Tondo Taddei (bas-relief marbre, diamètre : 1,25 m), Académie royale des Beaux-Arts, Londres.

Tondo Pitti (bas-relief marbre, diamètre : 82 cm), Musée du Bargello, Florence.

Tondo Doni (peinture *a tempera* sur panneau circulaire, 91 cm × 80 cm), Musée des Offices, Florence.

Madone de Manchester (panneau *a tempera*, 105 cm × 76 cm), National Gallery, Londres.

Saint Matthieu (marbre inachevé), Académie des Beaux-Arts, Florence.

Dessin pour la Bataille de Cascina (fusain sur préparation au stylet), Albertina, Vienne.

Figure pour la Bataille de Cascina (plume et encre sur pierre noire, incisions au stylet, 25 cm × 9,6 cm), Musée du Louvre, Paris.

Étude d'une figure pour la Bataille de Cascina (pierre noire, 28,2 cm × 20,3 cm), Musée du Louvre, Paris.

Moïse (marbre, 2,35 m), tombeau de Jules II, église Saint-Pierre-aux-Liens, Rome.

Tombeau de Jules II, partie de l'élévation (dessin, plume et encre sur tracé à la règle, au stylet et à la pierre noire, 24 cm × 8,2 cm), Musée du Louvre, Paris.

Étude pour un esclave (pierre noire sur traits de sanguine, incisions au stylet, 36,8 cm × 23,5 cm), Musée du Louvre, Paris.

Voûte de la chapelle Sixtine (fresque), Vatican.

Étude pour un Putto et pour la main droite de la Sibylle de Libye avec croquis pour le Tombeau de Jules II (sanguine, plume, 28,5 cm × 19, 5 cm), Ashmolean Museum, Oxford.

Étude pour la Sibylle de Libye (sanguine, 28,5 cm × 20,5 cm), Museum of Art, New York.

Esquisse pour un ignudo au-dessus d'Isaïe (pierre noire et estompe, incision au stylet, 30,7 cm × 20,7 cm), Musée du Louvre, Paris.

Tête et main droite de l'ignudo au-dessus et à gauche d'Isaïe (pierre noire et rehauts de blanc, 30,7 cm × 20,7 cm), Musée du Louvre, Paris.

Esclave révolté (marbre, 2,15 m), Musée du Louvre, Paris.

Esclave mourant (marbre, 2,15 m), Musée du Louvre, Paris.

Croquis pour la façade de San Lorenzo (sanguine et fusain, 14 cm × 18 cm), maison de Michel-Ange, Florence.

Maquette en bois de la façade de l'église San Lorenzo, maison de Michel-Ange, Florence.

Christ de la Minerve (marbre, 2,5m), Santa Maria Sopra Minerva, Rome.

Chapelle Médicis, église Saint-Laurent, Florence.

Tombe de Julien de Médicis (marbre), église Saint-Laurent, Florence.

Bibliothèque laurentienne, église Saint-Laurent, Florence.

Victoire (marbre, 2,61 m), Palazzio Vecchio, Florence.

Dessin pour les fortifications de Florence (plume, lavis, sanguine, 41 cm × 57 cm), maison de Michel-Ange, Florence.

Apollon tirant une flèche de son carquois (marbre, 1,46 m), Musée du Bargello, Florence.

Le Jugement dernier, chapelle Sixtine, Vatican.

Tête divine (dessin sanguine, 20,5 cm × 16,5 cm), Ashmolean Museum, Oxford.

Tête divine (dessin fusain, 28,5 cm × 23,5 cm), British Museum, Londres.

Rachel (marbre, 1,97 m), Tombeau de Jules II, église Saint-Pierre-aux-Liens, Rome.

Léa (marbre, 2,09 m), Tombeau de Jules II, église Saint-Pierre-aux-Liens.

La Conversion de saint Paul (fresque, 6,25 m × 6,61 m), chapelle Pauline, Vatican.

La Crucifixion de saint Pierre (fresque, 6,25 m × 6,61 m), chapelle Pauline, Vatican.

Maquette en bois de la Coupole de Saint-Pierre-de-Rome, Musée Saint-Pierre, Rome.

Plan pour San Giovanni (premier projet (1559), maison de Michel-Ange, Florence.

Vierge à l'enfant dite *Pietà Rondanini* (marbre très stylisé, inachevé), Castello Sforzesco, Milan.

RÉFÉRENCES BIBLIOGRAPHIQUES

TEXTES DE MICHEL-ANGE

En italien

Lettres : *Carteggio di Michelangelo, 1965-1983*, P. Barocchi & R. Ristori (dir.), Sansoni-SPES, 5 vol., Florence, 1965-1983.
Poésies : *Michelangelo Buonarroti, Rime*, Rizzoli, Milan, 1954.

Traductions françaises utilisées

Lettres, Les Belles Lettres, Paris, 2001.
Lettres familières, Les Belles Lettres, 2005.
Poèmes, Gallimard, « Poésie », 1992.
Poésies / Rime, Les Belles Lettres, 2004.
Sonnets, Club français du livre, Paris, 1961.

OUVRAGES CONSULTÉS

James Ackerman, *L'Architecture de Michel-Ange*, Macula, 1991.
Léon Battista Alberti, *L'Art d'édifier*, Seuil, 2004.
—, *La Peinture*, éd. Seuil, 2004.
—, *Divertissements mathématiques*, Seuil, 2002.
—, *Fables sans morales* suivies de *Prophéties facétieuses de Léonard de Vinci*, Les Belles Lettres, 1997.
Pierre Antonetti, *Savonarole*, Perrin, 1999.

L'Arétin, *Sur la poétique, l'art et les artistes*, Les Belles Lettres, 2003.
Bible de Jérusalem, Le Cerf, 1964.
Kirsten Bradbury, *Michel-Ange*, Parragon, 2004.
Marcel Brion, *Michel-Ange*, Albin Michel, 1995.
Benvenuto Cellini, *Écrits par lui-même*, Scala, 2001.
Ivan Cloulas, *Jules II : le pape terrible*, Fayard, 1990.
Ascanio Condivi, *Vie de Michel-Ange*, Climats, 1999.
Enrica Crispino, *Michel-Ange*, Gründ, 2003.
Salvador Dalí, *Le Mythe tragique de l'Angélus de Millet*, J.-J. Pauvert, 1963.
Dante Alighieri, *Œuvres complètes*, « La Pléiade », Gallimard, 1965.
Catherine David, *L'Homme qui savait tout*, Seuil, 2001.
René Descartes, *Œuvres complètes*, Vrin, 2000.
Sigmund Freud, *Le Moïse de Michel-Ange*, in *Essais de psychanalyse appliquée*, « Idées », Gallimard, 1971.
Ludwig Goldscheider, *Michel-Ange*, Phaidon, 2003.
Francisco da Hollanda, *Della pittura antica (1548)*, Silvana Editoriale, Milan, 2004.
Anthony Hughes, *Michel-Ange*, Phaidon, 2002.
Paul Joannidès, *Michel-Ange*, Musée du Louvre, 2003.
Eberhard König, *Michel-Ange*, Könemann, 1998.
Lactance, *La Colère de Dieu*, Le Cerf, 1982.
—, *Institutions divines* (livres I à V), Le Cerf, 1986-2000.
Jack Lang, *Laurent le Magnifique*, Perrin, 2005.
Jean Libis, *Le Mythe de l'androgyne*, Berg International, 1991.
Nicolas Machiavel, *Le Prince*, « Cercle du Bibliophile », Edito-Service, Genève, 1972.
Michel Masson, *La Chapelle Sixtine : la voie nue*, Le Cerf, 2004.
Jean Pic de la Mirandole, *900 Conclusions philosophiques, cabalistiques et théologiques*, Allia, 2002.
Linda Murray, *Michel-Ange*, Thames & Hudson, 1994.
Antonio Paolucci, *La Pietà*, Skira, 2000.
Platon, *Œuvres complètes*, « La Pléiade », Gallimard, 2 vol., 1940-1943.
Romain Rolland, *Vie de Michel-Ange*, Hachette, 1964.
King Ross, *Michel-Ange et la chapelle du pape*, L'Archipel, 2004.

Jérôme Savonarole, *Dernières Méditations*, Desclée de Brouwer, 1995.
Stendhal, *Histoire de la peinture en Italie : Autour de Michel-Ange*, Le Seuil, 1980.
Irving Stone, *La Vie ardente de Michel-Ange*, Plon, 1983.
Hélène Sueur, *ABCdaire de Michel-Ange*, Flammarion, 2003.
Charles de Tolnay, *Michel-Ange*, Pierre Tisné, 1951.
Yvon Toussaint, *Le Manuscrit de la Giudecca*, Fayard, 2001.
Hermès Trismégiste, *Le Pimandre, dialogues gnostiques*, La Sirène, 1920.
Giorgio Vasari, *Michel-Ange*, in *Vie des peintres*, Les Belles Lettres, 2 vol., 2002.
Léonard de Vinci, *Carnets*, Gallimard, 1942.
—, *Traité de la Peinture*, André Chastel (dir.), Calmann-Lévy, 2003.

NOTES BIBLIOGRAPHIQUES

1. A. Condivi, *Vie de Michel-Ange*, Climats, 1999.

2. Michel-Ange, *Sonnets*, Club français du livre, 1961.

3. Michel-Ange, *Poésies / Rime*, Les Belles Lettres, 2004.

4. Dante, *Divine Comédie*, in *Œuvres complètes*, « La Pléiade », Gallimard, 1965.

5. Giorgio Vasari, *Michel-Ange*, in *Vie des peintres*, Les Belles Lettres, 2000.

6. Michel-Ange, *Sonnets, op. cit.*

7. Lettre à son père, 8 février 1507, P. Barocchi & R. Ristori (dir.), in *Carteggio di Michelangelo*, Sansoni-SPES, Florence, 1965-1983.

8. Michel-Ange, *Poésies / Rime, op. cit.*

9. *Ibid.*

10. *Ibid.*

11. Michel-Ange, *Sonnets, op. cit.*

12. Michel-Ange, *Poésies / Rime, op. cit.*

13. Michel-Ange, *Sonnets, op. cit.*

14. Léonard de Vinci, *Traité de la peinture*, Gallimard, 1942.

15. Lettre à son père, mars 1520, in *Carteggio di Michelangelo, op. cit.*

16. Michel-Ange, *Poésies / Rime, op. cit.*

17. *Carteggio di Michelangelo, op. cit.*

18. Michel-Ange, *Poésies / Rime, op. cit.*

19. Michel-Ange, *Sonnets, op. cit.*

20. *Ibid.*

21. Michel-Ange, *Poésies / Rime, op. cit.*

22. *Ibid.*

Hasards ou signes 9
La magie des jardins Médicis 16
Dormir les yeux ouverts 32
La « lumière sur la place » 64
Le temps et le marbre 80
Au service du Pape Soldat 98
Le rêve et la réalité 114
L'énigme de la chapelle Sixtine 119
« Une image du cœur » 140
La malédiction des tombeaux 159
Enfer et résurrection 178
Le « corps » de l'architecture 197

ANNEXES

Repères chronologiques 205
Œuvres de Michel-Ange 208
Références bibliographiques 211
Notes bibliographiques 214

FOLIO BIOGRAPHIES

Balzac, par FRANÇOIS TAILLANDIER
Jules César, par JOËL SCHMIDT
Cézanne, par BERNARD FAUCONNIER
James Dean, par JEAN-PHILIPPE GUERAND
Billie Holiday, par SYLVIA FOL
Ibsen, par JACQUES DE DEKER
Kafka, par GÉRARD-GEORGES LEMAIRE
Louis XVI, par BERNARD VINCENT
Michel-Ange, par NADINE SAUTEL
Modigliani, par CHRISTIAN PARISOT
Pasolini, par RENÉ DE CECCATTY
Virginia Woolf, par ALEXANDRE LEMASSON

À paraître au premier semestre 2006

Attila, par ÉRIC DESCHODT
Joséphine Baker, par JACQUES PESSIS
Baudelaire, par JEAN-BAPTISTE BARONIAN
Freud, par CHANTAL et RENÉ MAJOR
Gandhi, par CHRISTINE JORDIS
Pablo Picasso, par GILLES PLAZY
Rimbaud, par JEAN-YVES MASSON
Stefan Zweig, par CATHERINE SAUVAT

COLLECTION FOLIO

Dernières parutions

4233. Martin Winckler	*La Maladie de Sachs.*
4234. Cees Nooteboom	*Le matelot sans lèvres.*
4235. Alexandre Dumas	*Le Chevalier de Maison-Rouge.*
4236. Hector Bianciotti	*La nostalgie de la maison de Dieu.*
4237. Daniel Boulanger	*Le tombeau d'Héraldine.*
4238. Pierre Clementi	*Quelques messages personnels.*
4239. Thomas Gunzig	*Le plus petit zoo du monde.*
4240. Marc Petit	*L'équation de Kolmogoroff.*
4241. Jean Rouaud	*L'invention de l'auteur.*
4242. Julian Barnes	*Quelque chose à déclarer.*
4243. Yves Bichet	*La part animale.*
4244. Christian Bobin	*Louise Amour.*
4245. Mark Z. Danielewski	*Les lettres de Pelafina.*
4246. Philippe Delerm	*Le miroir de ma mère.*
4247. Michel Déon	*La chambre de ton père.*
4248. David Foenkinos	*Le potentiel érotique de ma femme.*
4249. Eric Fottorino	*Caresse rouge.*
4250. J.M.G. Le Clézio	*L'Africain.*
4251. Gilles Leroy	*Grandir.*
4252. Jean d'Ormesson	*Une autre histoire de la littérature française I.*
4253. Jean d'Ormesson	*Une autre histoire de la littérature française II.*
4254. Jean d'Ormesson	*Et toi mon cœur pourquoi bats-tu.*
4255. Robert Burton	*Anatomie de la mélancolie.*
4256. Corneille	*Cinna.*
4257. Lewis Carroll	*Alice au pays des merveilles.*
4258. Antoine Audouard	*La peau à l'envers.*
4259. Collectif	*Mémoires de la mer.*
4260. Collectif	*Aventuriers du monde.*
4261. Catherine Cusset	*Amours transversales.*

4262. A. Corréard et H. Savigny — *Relation du naufrage de la frégate la* Méduse.
4263. Lian Hearn — *Le clan des Otori, III : La clarté de la lune.*
4264. Philippe Labro — *Tomber sept fois, se relever huit.*
4265. Amos Oz — *Une histoire d'amour et de ténèbres.*
4266. Michel Quint — *Et mon mal est délicieux.*
4267. Bernard Simonay — *Moïse le pharaon rebelle.*
4268. Denis Tillinac — *Incertains désirs.*
4269. Raoul Vaneigem — *Le chevalier, la dame, le diable et la mort.*
4270. Anne Wiazemsky — *Je m'appelle Élisabeth.*
4271. Martin Winckler — *Plumes d'Ange.*
4272. Collectif — *Anthologie de la littérature latine.*
4273. Miguel de Cervantes — *La petite Gitane.*
4274. Collectif — *«Dansons autour du chaudron».*
4275. Gilbert Keeith Chesterton — *Trois enquêtes du Père Brown.*
4276. Francis Scott Fitzgerald — *Une vie parfaite* suivi de *L'accordeur.*
4277. Jean Giono — *Prélude de Pan* et autres nouvelles.
4278. Katherine Mansfield — *Mariage à la mode* précédé de *La Baie.*
4279. Pierre Michon — *Vie du père Foucault — Vie de Georges Bandy.*
4280. Flannery O'Connor — *Un heureux événement* suivi de *La Personne Déplacée.*
4281. Chantal Pelletier — *Intimités* et autres nouvelles.
4282. Léonard de Vinci — *Prophéties* précédé de *Philosophie et aphorismes.*
4283. Tonino Benacquista — *Malavita.*
4284. Clémence Boulouque — *Sujets libres.*
4285. Christian Chaix — *Nitocris, reine d'Égypte T. 1.*
4286. Christian Chaix — *Nitocris, reine d'Égypte T. 2.*
4287. Didier Daeninckx — *Le dernier guérillero.*
4288. Chahdortt Djavann — *Je viens d'ailleurs.*
4289. Marie Ferranti — *La chasse de nuit.*
4290. Michael Frayn — *Espions.*
4291. Yann Martel — *L'Histoire de Pi.*

4292.	Harry Mulisch	*Siegfried. Une idylle noire.*
4293.	Ch. de Portzamparc/ Philippe Sollers	*Voir Écrire.*
4294.	J.-B. Pontalis	*Traversée des ombres.*
4295.	Gilbert Sinoué	*Akhenaton, le dieu maudit.*
4296.	Romain Gary	*L'affaire homme.*
4297.	Sempé/Suskind	*L'histoire de Monsieur Sommer.*
4298.	Sempé/Modiano	*Catherine Certitude.*
4299.	Pouchkine	*La Fille du capitaine.*
4300.	Jacques Drillon	*Face à face.*
4301.	Pascale Kramer	*Retour d'Uruguay.*
4302.	Yukio Mishima	*Une matinée d'amour pur.*
4303.	Michel Schneider	*Maman.*
4304.	Hitonari Tsuji	*L'arbre du voyageur.*
4305.	George Eliot	*Middlemarch.*
4306.	Jeanne Benameur	*Les mains libres.*
4307.	Henri Bosco	*Le sanglier.*
4308.	Françoise Chandernagor	*Couleur du temps.*
4309.	Colette	*Lettres à sa fille.*
4310.	Nicolas Fargues	*Rade Terminus*
4311.	Christian Garcin	*L'embarquement.*
4312.	Iegor Gran	*Ipso facto.*
4313.	Alain Jaubert	*Val Paradis.*
4314.	Patrick Mcgrath	*Port Mungo.*
4315.	Marie Nimier	*La Reine du silence.*
4316.	Alexandre Dumas	*La femme au collier de velours.*
4317.	Anonyme	*Conte de Ma'rûf le savetier.*
4318.	René Depestre	*L'œillet ensorcelé.*
4319.	Henry James	*Le menteur.*
4320.	Jack London	*La piste des soleils.*
4321.	Jean-Bernard Pouy	*La mauvaise graine.*
4322.	Saint Augustin	*La Création du monde et le Temps.*
4323.	Bruno Schulz	*Le printemps.*
4324.	Qian Zhongshu	*Pensée fidèle.*
4325.	Marcel Proust	*L'affaire Lemoine.*

Impression Maury-Eurolivres
45300 Manchecourt
le 3 février 2006.
Dépôt légal : février 2006.
Numéro d'imprimeur : 119234.
ISBN 2-07-030686-0. / Imprimé en France.

134261